JN343639

향적사를 찾아가다
過香積寺

향적사 어딘지 알지 못하여
구름 봉우리 속으로 몇 리나 들어간다
고목 우거져 사람 다니는 길 없건만
깊은 산 속 어딘가의 종소리
샘물 소리 가파른 바위에서 흐느끼고
햇살은 푸른 소나무를 차갑게 비치고 있네
해질녘 고요한 연못 굽이에 앉아
편안히 참선하며 잡념을 걸어 낸다네

不知香積寺 數里入雲峰
古木無人徑 深山何處鍾
泉聲咽危石 日色冷青松
薄暮空潭曲 安禪制毒龍

無影劍傳

무영검전

무영검천 4
한성재 新무협 판타지 소설

초판 1쇄 찍은 날 § 2006년 4월 25일
초판 1쇄 펴낸 날 § 2006년 5월 6일

지은이 § 한성재
펴낸이 § 서경석

편집장 § 문혜영
편집책임 § 이재권
편집 § 서지현

펴낸곳 § 도서출판 청어람
등록번호 § 제1081-1-89호
등록일자 § 1999. 5. 31
어람번호 § 제2-0896호

주소 § 경기도 부천시 원미구 심곡1동 350-1 남성B/D 3F (우) 420-011
전화 § 032-656-4452　팩스 § 032-656-4453
http://www.chungeoram.com
E-mail § eoram99@chollian.net

ⓒ 한성재, 2006

ISBN 89-251-0094-0 04810
ISBN 89-5831-947-X (세트)

※ 파본은 본사나 구입하신 서점에서 교환하여 드립니다.
※ 저자와 협의하여 인지를 붙이지 않습니다.

無影劍傳
무영검전

한성재 新무협 판타지 소설

Fantastic Oriental Heroes

4

도서출판 청어람

| 목차 |

제32장 무창으로 가는 길 _7
제33장 재앙 _31
제34장 아무도 없었다 _61
제35장 암습 _85
제36장 그림자가 없는 자는 울지 않는다 _133
제37장 만남 _155
제38장 시작 _183
제39장 집착 _207
제40장 각자의 전쟁 _235
제41장 돌파구 _279

제32장
무창으로 가는 길

무창으로 가는 길

"무슨 생각해?"

소령은 옆에서 묵묵히 걷고 있는 무영을 바라보며 물었다. 무영은 가볍게 한숨을 내쉬며 말문을 열었다.

"…정말 무림을 모조리 쓸어버릴까?"

무영은 한숨을 내쉴 수밖에 없었다.

무림맹과 사도련이 맞붙을 경우 양패구상이다. 필시 그렇게 될 수밖에 없도록 일랑이 조정할 것이 분명하기 때문이다.

무영 쪽을 제외하고 걸림돌이 될 만한 여지가 있는 유일한 곳이 바로 무림이다. 개개인의 실력으로 보자면 일랑의 수하들에 비할 바가 못 되지만 그들의 수는 무시할 수 없다.

그렇게 양측의 세력이 극도로 약화되었을 때 황군이 들이닥치면 상황은 끝이다.

'그 다음부터는 거칠 것이 없겠지.'

그렇기에 황제를 살려둔 것이리라.

'아니면……'

황제를 일랑 자신의 꼭두각시로 만들 것이다. 전면으로 나서는 것은 그 이후가 될 터.

'나라도 분명 그럴 것이야.'

그것이 가장 잡음이 적다.

'하지만 뭘까.'

지금의 행보는 무언가 이상하다. 무영과 소령에게 통보했던 곳은 무창.

무림맹이 자리잡고 있는 곳이다.

"왜 하필 무창일까?"

무영의 물음에 앞서 걷고 있던 소령이 고개를 갸웃거렸다. 무영은 짧게 한숨을 내쉬었다. 그럴 줄 알았다는 표정이다. 소령은 가볍게 안색을 찌푸리며 말했다.

"나는 다른 것은 모르겠어. 생각할 겨를도 없고."

소령의 말에 무영은 수긍할 수밖에 없었다. 현재 그녀의 입장에서 가장 중요한 것은 염무학의 안위였다.

"미안."

무영의 사과에 소령은 가볍게 한숨을 내쉬었다.

"너나 나나 힘들기는 매한가지잖아?"

소령의 말에 무영의 안색이 찌푸려졌다. 가슴에 돌을 얹어놓은 듯 답답해지는 것 같다.

"그건 그렇고."

문득 소령의 중얼거림에 무영의 시선이 그쪽으로 향했다. 소령의 손에 자그만 종이 들려 있었다.

짤랑.

소령은 살며시 종을 흔들었다. 그에 따라 청명한 종소리가 흘러나왔다. 무영이 의아스럽다는 표정을 하고 물었다.

"그게 뭐야?"

소령은 고개를 갸웃거렸다.

"나도 잘 모르겠어. 아까 어질러진 할아버지 집을 정리하다가 발견한 거야."

"그래?"

"응, 서랍 안 속 목갑 안에 들어 있더라고."

"목갑 안에?"

소령은 고개를 끄덕였다.

"왠지 중요한 물건 같아서 챙겨왔어."

소령은 몇 번 종을 흔들어보다가 품에 갈무리했다.

무영은 다시금 생각에 빠져들었다. 지금은 그런 것에 신경 쓸 겨를이 없었다.

'도대체 현재 상황이 어떻게 돌아가고 있는 거야?'

그러던 중 불현듯 지금의 상황에 대해서 무언가 알아야겠다는 생각이 들었다.

사실 지금도 짐작만 하고 있을 뿐 현재 무림의 상황이 어떻게 돌아가고 있는지에 대해서는 아무것도 모르고 있었기 때문이다.

무영은 소령을 바라보았다. 그나마 자신보다 무림의 정세에 대해 밝으니 알 것도 같았다.

"정보를 모으려면 어딜 가야 할까?"

무영의 물음에 소령은 고개를 갸웃거렸다.

"정보? 정보는 왜?"

"됐으니까 말 좀 해봐. 난 이런 데 있어서는 꽝이니까."

무영의 말에 소령은 잠시 턱 주위를 매만지다가 한곳을 생각해 내고는 말했다.

"아마도 하오문(下午門) 정도겠지?"

"하오문?"

"응, 소매치기나 매춘업 같은 일에 종사하는 최하류 인생들로 구성된 문파야. 그래서 그런지는 몰라도 빠르게 유통되는 정보망을 가진 조직이지."

무영은 고개를 끄덕였다.

"하오문이라……. 어디에 위치한 곳인데?"

무영의 물음에 소령은 혀를 끌끌 찼다. 정말 이런 데 있어서는 너무 모른다.

"대중없어. 웬만큼 큰 도시 어디라도 지부 하나씩은 다 있을걸?"

무영은 고개를 끄덕였다. 그렇다면 다행이다.

"그런데 그건 왜?"

소령의 물음에 무영은 턱을 매만지며 나직한 어조로 말문을 열었다.

"한번 들러봐야 할 것 같아서 말이야."

"하지만……."

소령은 인상을 구기며 말끝을 흐렸다.

혹시라도 염무학에게 무슨 일이라도 생길까 초조해하는 마음을 모르는 것이 아니었다.

마음 같아서는 무영 자신도 무창으로 단번에 내달리고 싶은 마음이 굴뚝같았다.

소령에게 염무학이라면 무영에게는 무현이었다. 둘 다 추구하는 것은 같다. 하지만 이성이 본능을 막아서고 있었다.

신중에 신중을 기해야 하는 상황이 아닌가. 가슴은 뜨겁게, 머리는 차갑게라는 말도 있듯이 말이다.

"아는 것이 하나도 없다면 우리에게 불리할 뿐이야."

소령의 고개가 떨궈졌다. 무영은 짧게 한숨을 내쉬며 소령에게 다가가 볼을 매만져 주었다.

"정말 미안해. 하지만 내 심정도 이해해 줘."

소령은 잠시 고심하다가 눈을 살며시 감으며 말문을 열었다.

"빨리 알아봐야 해?"

"그래."

비로소 무영의 얼굴에 한 가닥 안도의 기색이 흘렀다. 소령은 뒷머리를 질끈 묶으며 몸을 날렸다.

무영 역시 그런 소령의 뒤를 따랐다.

시내로 나온 무영은 주위를 살피다가 짧게 한숨을 내쉬었다. 일단 오기는 했는데 어떻게 찾아야 할지 막막했다. 자연스럽게 소령을 물끄러미 바라볼 수밖에 없었다.

그런 모습에 소령은 어쩔 수 없다는 표정으로 고개를 설레설레 저으며 앞장섰다.

소령의 예리한 눈이 대로를 가득 메운 사람들 한 명 한 명을 살폈다.

이윽고 그녀의 안광이 번뜩였다.

사람들 사이를 비집고 이동하는 간사한 외모의 사내.

그는 신출귀몰한 수법으로 사람들의 품 안에서 돈주머니를 꺼내고 있었다. 마치 자신의 것을 꺼내는 것처럼 너무도 자연스럽다.

소령은 딱딱한 어조로 무영을 돌아보지도 않은 채 말했다.

"저놈 보이지?"

"응? 어."

무영이 고개를 끄덕이자 소령은 가볍게 말문을 열었다.

"하오문의 녀석이야."

"소매치기?"

무영의 반문에 소령은 눈살을 찌푸리며 책망 조로 말했다.

"말했잖아, 소매치기 같은 부류의 사람들로 이루어져 있다고."

"그랬지? 깜빡했다."

무영의 말에 소령은 가볍게 혀를 찼다. 하지만 말하는 사이 어느 정도 거리가 벌어진 사내를 발견하고는 말했다.

"일단 뒤를 밟자."

소령은 혀를 날름거리며 사내를 뒤따랐다.

사내는 길을 걷는 와중에도 연신 주위를 두리번거렸다. 그런 모습을 보고 있던 소령이 쓴웃음을 지었다.

무영이 물었다.

"왜?"

"불안해하고 있어. 아직 미숙하군. 나도 처음에는 그랬지."

무영의 안색이 가볍게 찌푸려졌다.

소령은 쓴미소를 지으며 말을 이어갔다.

"소싯적에 잠깐 하오문 쪽에 몸담은 적이 있거든."

"…어떤 인생을 살아온 거야?"

무영의 말에 소령은 피식 웃었다.

"뭐, 살다 보니 이것저것 엮이더라고."

소령은 무영을 바라보며 고개를 치켜들었다.

"일단 뒤를 쫓아보자."

무영은 고개를 끄덕이며 사내의 뒤를 밟았다.

그렇게 반 시진가량의 시간이 지났을 무렵 사내가 골목 한편에 자리잡은 으슥한 주점으로 들어갔다.

무영은 소령을 바라보았다. 이제 어떻게 해야 하면 좋겠느냐는 무언의 물음이었다.

"들어가자."

소령은 간단히 대답하며 대뜸 주점 안으로 들어섰다.

햇빛이 제대로 들어오지 않는 객점 안은 어둡기 그지없었다. 매캐한 연기와 더불어 몇 개 되지 않는 탁자에 둘러앉은 험악한 인상의 사람들이 무영과 소령에게 시선을 집중시키고 있었다.

무영은 객점 안을 살피다가 뒤를 밟은 사내의 모습을 발견했다. 그는 객점 맨 구석 자리에 앉아 있었다.

"윽, 냄새."

코를 찌르는 탁한 연초 연기에 소령이 눈살을 찌푸렸다. 그때 점소이가 잔뜩 인상을 찌푸리며 무영과 소령에게 다가왔다.

"어이, 여기는 꼬마들이 올 곳이 아니야! 어서 나가!"

명백한 축객령. 소령은 한 손으로 코를 막은 채 점소이를 올려다보며 입을 열었다.

"지부장을 데려와."

"무슨 소리냐? 지부장이라니?"

점소이는 짐짓 영문을 모르겠다는 표정을 지었다. 소령은 허리춤에 양손을 얹으며 말했다.

"여기가 하오문의 지부잖아!"

덜컹!

순간 의자에 앉아 있던 사내들이 일시에 몸을 일으켰다. 점소이가 싸늘한 표정으로 소령과 무영을 노려보며 말했다.

"너희, 뭐냐?"

둘 다 눈에 띌 정도로 어여쁜 외모를 가진 것을 제외하고는 별다를 것 없는 꼬마들이었다.

무영이 소령의 앞으로 한 걸음 나섰다.

"지부장을 봤으면 하는데?"

"꼬맹아, 여기가 어딘지나 알고 하는 소리냐?"

"물론."

무영이 고개를 끄덕이자 점소이는 계산대에 앉아 있는 여인을 바라보았다. 여인은 무영과 소령을 가만히 뜯어보더니 진득한 미소를 지었다.

"얼굴에는 손대지 마. 비싸게 팔아먹을 수 있겠어."

여인의 말에 점소이는 고개를 끄덕이며 징그러운 미소를 지었다.

"너희들, 큰일난 거야."

여인은 턱을 괴고는 계산을 하기 시작했다.

"어디 보자……. 최소 두당 이백 냥씩은 받을 수 있겠어. 아니. 좀 세게 한 삼백 냥씩 불러봐?"

총 육백 냥. 한 달치 수입이 단번에 굴러들어 오는 셈이다. 여인이 득의만만한 미소를 지으며 고개를 들다가 화들짝 놀랐다.

점소이의 등이 자신을 향해 날아들어 오고 있었다.

"꺄악!"

여인은 반사적으로 몸을 숙이며 비명을 질렀다.

쾅!

그와 동시에 점소이가 벽에 세차게 부딪치더니 바닥에 떨어졌다.

"뭐, 뭐야?"

여인은 놀란 가슴을 진정시킬 생각도 하지 못한 채 황급히 몸을 일으

컸다. 그리고 남자 아이가 여유로운 표정으로 옷을 탁탁 털고 있는 모습을 볼 수 있었다.
"더럽게시리."
무영은 눈살을 찌푸리며 투덜거리다가 주위를 둘러싼 사내들을 바라보았다.
"무슨 사술(邪術)을 쓴 거냐?"
사내들 중 제일 덩치가 큰 녀석이 으르렁거렸다. 무영은 고개를 설레설레 저으며 말을 이어갔다.
"시간없으니 지부장이나 불러."
"이 자식이!"
무영의 빈정거리는 어조에 한 사내가 눈을 부릅뜨며 손을 뻗었다.
"병신."
무영은 표정을 굳히며 사내의 소매를 잡아챘다. 그리고 몸을 틀어 넘겼다.
쾅!
바닥에 내리 꽂힌 사내는 한차례 몸을 부르르 떨다가 축 늘어졌다.
잠시간의 침묵.
"보통 꼬마가 아니다!"
이윽고 격렬한 외침과 함께 사방에서 사내들이 달려들었다.
무영은 얼굴을 노리고 날아오는 주먹을 슬며시 피하며 상대편의 낭심을 향해 발길질을 했다.
"아욱!"
사내가 낭심을 두 손으로 감싸쥐고는 바닥을 데굴데굴 굴렀다. 무영은 움직임을 끊지 않고 부드럽게 보법을 밟으며 사내들을 차례차례 제압해 나갔다.

그렇게 길지 않은 시간이 지난 후 객점 안은 가는 신음 소리로 가득 차 있었다.

"으으……."

"내, 내 팔이… 크윽!"

사내들은 바닥을 뒹굴고 있었다. 하지만 감히 비명을 지르거나 몸을 일으키지도 못했다. 팔짱을 낀 채 굳은 표정을 하고 있는 무영 때문이었다.

"별것도 아닌 것들이."

무영은 조그만 목소리로 중얼거리며 계산대 쪽으로 걸음을 옮겼다. 그리고 바닥에 쪼그리고 앉아 두 손으로 얼굴을 감싸쥔 채 떨고 있는 여인을 바라보며 입을 열었다.

"이봐."

"히이익!"

무영의 말에 여인은 자지러지는 비명을 지르며 몸을 떨었다. 소령이 고개를 설레설레 저으며 말했다.

"내가 할게."

소령은 짧게 한숨을 내쉬며 앞으로 나서더니 여인의 옆에 쪼그리고 앉아 말을 붙였다.

"지부장 어디 있어?"

"어, 없어요. 제발 살려주세요."

여인은 닭똥 같은 눈물을 뚝뚝 떨궜다. 소령은 짜증스러운 표정으로 말문을 열었다.

"없을 리가 있나?"

"지, 진짜예요! 아직 출근 안 했어요!"

"출근을 안 해?"

소령은 가볍게 안색을 붉히며 무영을 쳐다보았다. 어떻게 하겠느냐는 물음이었다.

무영은 처음 바닥에 나동그라진 사내의 등에 엉덩이를 붙이고 앉았다. 그리고 녀석의 손목을 가볍게 비틀었다.

"끄악!"

사내는 비명을 내지르며 격렬히 몸을 들썩였다. 무영은 여인을 노려보며 차가운 목소리로 말했다.

"반 시진, 그 안에 못 데려오면 이놈들은 다 죽는다. 여기가 하오문의 지부라는 사실이 광주 사람 모두에게 알려지는 건 원치 않겠지? 요즘 취업하기가 많이 힘들잖아? 그래, 안 그래?"

"예, 예!"

"빨리 갔다 와."

무영이 다시 한 번 녀석의 손목을 비틀었다.

"으악! 아아악!"

"빨리 안 가? 사람 뼈 부러지는 소리 듣고 싶어?"

무영의 말에 여인은 격렬히 고개를 내저으며 객점 밖으로 뛰쳐나갔다. 소령이 문을 바라보며 물었다.

"겁먹은 것 같은데 돌아올까?"

"와."

"어떻게 그렇게 단정지을 수 있어?"

소령의 물음에 무영은 턱을 매만졌다.

"아까도 말했잖아. 취업난이 장난 아니라니까?"

소령은 허탈한 미소를 지었다. 직업이 목숨보다 더 소중할 리 없지 않은가.

하지만 반 시진 정도 후, 소령은 혀를 차며 여인을 바라볼 수밖에 없었다.

"사는 게 힘드냐?"

"예?"

뜬금없는 소령의 질문에 여인은 잔뜩 겁먹은 표정으로 반문했다.

소령은 '요즘 경제가 힘들다더니 정말 심각하구나' 라고 중얼거리며 여인을 바라보다가 그녀의 양옆에 서 있는 사내들에게 시선을 주었다.

당연한 수순처럼 여인은 사람들을 주렁주렁 달고 돌아왔다. 한편, 무영은 그 중앙에 서 있는 육 척 장신의 사내를 바라보고 있었다.

큰 키에 호리호리한 몸매, 더욱이 곱상하게 생긴 외모는 지부의 수장답지 않은 인상이었다. 하지만 제법 근엄한 표정으로 객점 안의 전경을 살피고 있었다.

수하들이 볼썽사나운 꼴로 바닥을 나뒹굴고 있었다. 더욱이 그 중앙의 사내아이는 건방지게도 수하의 등에 앉아 자신을 바라보고 있다.

"네놈들이 날 보자고 했나?"

무영은 고개를 끄덕이며 말문을 열었다.

"네가 여기의 책임잔가?"

"흑호다."

무영은 가볍게 고개를 끄덕이며 몸을 일으켰다. 그리고 어깨를 으쓱하며 흑호를 향해 걸음을 옮겼다.

"곱게 말할 놈이 아니군."

"잘 알고 있군."

대답하던 흑호는 몸의 근육이 반사적으로 팽팽히 당겨졌다. 처음 당도할 때부터 심상치 않다고 느꼈다.

그의 본능이 눈앞의 상대가 범상치 않음을 알려왔다. 엄청난 강함, 너는 절대 이길 수 없다고 희롱했다. 하지만 세차게 고개를 내저었다.

어려서부터 하오문에 몸담았다. 하지만 기생이나 소매치기를 주 업으로 삼는 다른 문도들과는 달랐다. 흑호에게 있어 무공은 일상의 다른 이름이었다.

그러다 보니 제법 명성도 쌓았다. 남무림에서 흑호란 이름이 가지는 위치는 녹록지 않았다. 그런데 지금 눈앞에 엄청난 고수가 서 있다.

하지만 뭐랄까. 두렵다기보다는 피가 끓어올랐다.

무림인이 가진다는 호승심이 바로 이런 것이리라.

"자극이 필요했어."

흑호는 짧게 중얼거리며 주먹을 마주 잡고 뼈마디를 풀었다.

뚜두둑!

"그대의 이름은?"

"무영."

"그림자가 없다라……. 좋은 이름이야."

"선공은?"

"내가 먼저 가겠소."

무영은 빙그레 웃으며 손가락 세 개를 펼쳐 보였다.

"삼 초식을 받아주마."

"그것도 좋겠지."

흑호 역시 마주 웃으며 고개를 끄덕였다. 결코 부끄러운 일이 아니다. 흑호는 크게 숨을 고른 뒤 힘차게 주먹을 허리 쪽으로 당기며 내기를 끌어올렸다.

휘오오!

희뿌연 광채와 기류가 당겨진 주먹에서 생성되었다. 그때 흑호의 눈이 부릅떠졌다. 그와 동시에 오른발이 바닥에서 들렸다.

"흡!"

"콰직!"

짧은 기합성과 더불어 들려졌던 발이 나무 바닥을 내리찍었다. 그리고 당겨졌던 주먹이 섬광처럼 출수되었다.

"투웅!"

주먹을 감싸고 있던 일장이 쭉 뻗어 나왔다.

"콰자작!"

장이 휩쓸고 지나간 자리에는 나무 바닥이 흉하게 쪼개져 있었다.

"제법 공부를 했군."

무영은 나지막이 중얼거리며 한 손을 들었다. 순간 흑호의 일장이 무영을 덮쳤다.

하지만 기대했던 폭발은 일어나지 않았다. 무영은 몸을 살며시 빼며 손을 원형으로 휘돌렸다. 권기 덩어리가 무영의 손놀림에 의해 원형으로 돌더니 그 광채가 조금씩 사그라지기 시작했다.

"뭣이?"

흑호가 눈을 크게 치켜떴다. 그때 무영은 미소를 지으며 쫙 폈던 주먹을 꽉 쥐었다.

"쯔컹!"

짧은 파공성과 함께 흑호의 일장이 일순 소멸되었다. 무영은 한 손을 늘어뜨리는 여유까지 보이며 흑호를 향해 말했다.

"일 초."

흑호의 얼굴이 일그러졌다. 무영이 강하다는 사실은 알고 있었다. 하지만 저렇듯 간단하게 막아낼 줄은 생각지도 못했다. 더욱이 쳐낸 것도 아닌 소멸이라니…….

이런 방식은 들어본 적도 없었다.

"크윽!"

흑호는 신음성을 흘리면서도 곧바로 다음 공격으로 이어갔다. 당황스러운 것은 사실이지만 넋 놓고 있을 수는 없었다.

흑호가 무영과의 거리를 좁히는 데는 한 걸음으로 족했다. 흑호의 오른발 끝이 무영의 관자놀이를 찔러왔다.

"이 초."

무영은 가볍게 한 걸음을 뒤로 떼며 중얼거렸다. 하지만 그것이 끝이 아니었다. 공격했던 발이 바닥에 닿기가 무섭게 축이 되었다. 그와 동시에 왼발이 휘돌며 들어왔다.

'처음 보는 각법!'

처음의 공격은 허초나 마찬가지였다. 맞아도 그만, 맞지 않아도 그만인 것이다. 결국 뒤이어진 돌려차기가 진실된 초식이었다.

'제법 매서운 곳이 있지만.'

힘도 실려 있고 속도도 빨라 그동안의 상대들은 거의 피하지 못했으리라. 하지만 문제는 이번 공격을 받는 이가 무영이라는 데 있었다.

'동작이 너무 커.'

무영은 횡으로 몸을 틀었다. 그와 동시에 무영의 가슴 옆으로 발바닥이 지나갔다. 무영은 몸을 휘돌리며 흑호의 옆을 스치듯 지나갔다. 당혹한 표정의 흑호와 무영의 눈이 마주쳤다.

"삼 초."

무영은 입가에 걸려 있었다. 순간 흑호는 목 뒷줄기가 서늘해짐을 느꼈다. 그리고 무영은 곧바로 흑호의 뒤로 돌아 들어가 뒷 무릎을 발로 밀어냈다.

"억!"

무릎이 굽혀지며 흑호의 몸이 숙여졌다. 그때 무영이 그의 목에다 손가락을 가져다 댔다.

"끝. 너의 패배다. 인정하나?"

무영이 말을 끝맺기가 무섭게 흑호의 눈이 감겼다. 너무도 완벽한 패배에 할 말이 없었다.

"져, 졌다."

흑호는 무릎을 꿇은 채 고개를 떨궜다. 그런 모습에 무영은 가벼운 미소를 지으며 흑호의 수하들을 바라보았다.

그들은 지금 닥친 이 상황을 어찌해야 할지 모르고 있는 듯 쭈뼛거리고 있었다. 무영은 빙그레 웃으며 손가락을 아래쪽으로 까닥였다.

"꿇어."

"쳐!"

그와 동시에 흑호의 수하들이 일제히 무영을 향해 달려들기 시작했다. 무영은 입술을 삐죽였다.

그와 동시에 소령이 무영의 앞으로 튀어나갔다.

"건방진!"

날카롭게 외치는 소령의 손에는 물에 젖은 수건이 쥐어져 있었다.

짜악!

채찍처럼 뻗어나간 수건이 맨 앞에서 달려오는 사내의 뺨에 작렬했다. 순간 그의 몸이 허공에서 핑그르르 돌며 바닥에 쓰러졌다.

소령은 부드럽게 팔을 당겨 수건을 회수한 뒤 재차 쏘아 보냈다.

짜악!

물기를 머금은 수건이 가진 파괴력은 상상을 초월했다.

"크악!"

입 주위를 수건으로 얻어맞은 사내가 손으로 감싸쥐며 바닥에 주저앉았다. 손가락 마디 사이로 시뻘건 피가 배어 나왔다.

소령은 쉬지 않고 보법을 밟아가며 수건을 날렸다. 순간 벽까지 몰린

사내가 반사적으로 몸을 수그렸다. 그와 동시에 수건이 벽의 기둥을 후려쳤다.

콰작!

반사적으로 고개를 든 사내의 눈이 부릅떠졌다. 돌로 이루어진 기둥이 흉하게 금이 가 있었다.

"꿀꺽!"

마른침을 삼키며 눈자위를 아래로 내릴 무렵 턱이 튕겨 올라갔다.

짜악!

쿵!

여지없이 날아든 젖은 수건에 얻어맞은 사내는 벽에 뒤통수를 박으며 정신을 잃었다.

소령은 수건을 양손으로 팽팽히 당기며 주위를 둘러보았다.

"끄으……."

"아윽!"

사내들은 옅은 신음성을 흘리며 바닥에 주저앉아 있었다. 혹시라도 소령과 시선이 마주칠까 몸을 잔뜩 웅크린 채 고개를 푹 숙이고 있었다.

무영은 소령의 어깨에 손을 얹으며 희미한 미소를 지어 보였다.

"고마워."

"성가신 일을 좀 단축했을 뿐이야."

투덜거리는 목소리. 무영은 쓴미소를 지으며 흑호에게 다가가 쪼그리고 앉았다.

"이제 이야기를 해볼까?"

흑호는 고개를 떨궜다.

광주를 나서서 대로를 걷던 무영은 짧게 한숨을 내쉬었다.

"심각하군."

"그래."

옆에서 걷던 소령은 굳은 얼굴로 가볍게 고개를 끄덕였다. 흑호에게 들은 현재의 상황은 생각보다 심각한 상태였다.

무림맹과 사도련.

아직까지 겉으로 드러나는 충돌은 없었지만 안 보이는 곳에서 이루어지는 신경전은 극에 다다른 상태였다.

조금이라도 손대면 터질 것 같은 일촉즉발.

"흐음……."

무영은 침음성을 흘렸다. 그런 모습을 바라보던 소령은 자조적인 어조로 말문을 뗐다.

"생각해 봤자 나오는 것은 없어."

"하긴."

이렇게 머리를 싸매고 굴려봤자 나오는 것은 없다. 일단 지금으로써는 무창으로 가야 한다.

"일단 부딪치고 봐야지."

"그래야지."

무영은 고개를 끄덕일 수밖에 없었다.

그리고 그날 저녁,

"피곤해."

소령은 땅바닥에 털썩 주저앉으며 중얼거렸다. 무영 역시 별반 다를 것이 없었다.

"쉬었으면 좋겠다."

무영의 말에 소령은 선선히 고개를 끄덕였다. 그동안 황도에서 여기까지 조금의 지체도 없이 내달려왔다. 내력 상으로는 아무 문제될 것이 없었으나 육체가 견뎌내질 못하고 있었다.
 인간의 한계를 벗어난 무위와 불로불사의 신체를 가졌지만 때가 되면 배가 고프고 피곤하면 자야 했다. 더욱이 이것저것 신경을 많이 쓴 탓인지 머리가 지끈지끈 아팠다.
 "가야 하는데……."
 소령은 못내 아쉬운 목소리로 중얼거렸다. 무영은 쓴미소를 지으며 그녀의 어깨를 토닥여 주다가 하늘을 올려다보았다.
 이미 산등성이로 해가 저물고 있었다.
 "이런……."
 무영은 곤혹스러운 표정을 지었다. 아직 산길이었다. 빠르게 어두워질 것이다.
 "어쩔 수 없군."
 무영은 적당한 곳을 찾아 불을 지피고 자리를 깔았다.
 "뭐라도 먹어야지?"
 무영의 물음에 소령은 묵묵히 고개를 저었다.
 "입맛이 없어. 그냥 잘래."
 소령은 자리에 눕기가 무섭게 눈을 감았다. 무영은 그 모습을 잠시 바라보며 쓴미소를 지었다. 어지간히 피곤했던 모양이다.
 "하암… 그러고 보니 나도 피곤하네."
 무영은 하품을 하며 자리를 잡고 누웠다.
 "영아."
 "안 잤니?"
 무영은 고개를 살짝 들며 소령 쪽으로 시선을 주었다. 그녀는 눈을 감은 채 말문을 열었다.
 "잠이 안 오네."

"너무 피곤하면 그러더라."

무영은 엎드려 턱을 괴었다. 가만히 소령을 바라보던 시선을 거둬들이며 편안한 어조로 말문을 열었다.

"너무 걱정할 것 없어. 영감님은 괜찮으실 거다."

감겨 있던 소령의 눈이 떠졌다. 그녀는 입술을 삐죽였다.

"당연하지."

비로소 무영의 입가에 안도의 미소가 머금어졌다. 이제야 조금 마음의 안정을 찾은 듯 보였기 때문이다.

"영이… 너는?"

문득 소령이 조심스러운 표정으로 말을 건넸다. 순간 무영의 얼굴이 딱딱하게 굳어졌다.

"하아! 모르겠다."

크게 한숨을 쉬며 무영이 고개를 떨궜다.

너무도 긴 시간 만에 만난 무현이다. 하지만 닥친 상황은 혼란스럽게 무영의 머리를 헤집고 있었다. 그토록 증오했던 일랑과 손을 잡고 자신을 압박하고 있다.

더욱이 이미 죽은 줄로만 알았던 지인이 살아서 자신의 눈앞에 나타나기까지 했다.

"뭐가 어떻게 된 건지……."

하지만 한 가지 확실한 것은 무영은 무현을 다시 한 번 만나야 한다는 사실이었다. 황도에서는 말 한마디도 나누지 못했다.

무창에 가는 것, 달갑지 않은 일이었다. 그들이 아무런 생각 없이 오라 했을 리 없다. 필시 무슨 이유가 있을 것이다. 더욱이 무영과 소령에게 좋지 않은 일이라는 것은 뻔했다.

하지만 갈 수밖에 없다. 지금 급한 것은 무영과 소령이었다.

"함정이라는 것을 뻔히 알면서도 갈 수밖에 없다니……."
무영은 답답한 가슴을 손으로 매만졌다.
"어쩔 수 없는 거잖아?"
소령의 말에 무영은 고개를 끄덕였다.
"나도 현아가 일랑과 손을 잡으리라고는 상상도 하지 못했어."
무영은 한숨을 내쉬었다. 충격적이고 참담한 현실이었다.
"그 일 때문에……."
무영은 미간 사이를 손으로 짓눌렀다. 그 모습을 바라보던 소령은 손을 뻗어 무영의 머리를 부드럽게 보듬었다.
"왜?"
무영의 물음에도 소령은 대답하지 않았다. 양손으로 무영의 얼굴을 잡아 이끌어 자신의 가슴패기에 가만히 안았다.
"미안."
"뭘?"
"해줄 수 있는 게 이런 것밖에 없네."
소령은 부드럽게 무영의 머리카락을 매만졌다. 그렇게 얼마나 시간이 지났을까. 소령의 가슴패기에 얼굴을 묻고 있던 무영이 말문을 떼었다.
"새삼 느끼게 돼……."
"응?"
소령이 의아한 표정으로 고개를 갸웃거렸다. 무영은 매우 진지한 표정으로 말문을 열었다.
"네가 얼마나 빈약한지를."
소령의 얼굴이 일그러졌다.
쾅!

제33장
재앙

재앙

형산은 오악 중 하나로 남악이란 이름으로 알려져 있었다. 또한 현 무림의 명문 문파인 형산파가 존재하고 있는 곳이기도 했다.

무영은 걸음을 멈추고 눈앞에 서 있는 커다란 산을 바라보았다.

"형산인가?"

중원 오악 중 하나인 형산을 바라보던 무영의 눈살이 찌푸려졌다.

"산세가 썩 수려한 편은 아니구나."

오악 중 하나라 내심 기대했지만 생각만큼은 아니었다.

"형산이야 사찰 때문에 유명한 거지. 형산파도 그렇고."

옆에 서 있던 소령이 말해주었다. 무영은 가만히 고개를 끄덕이다가 턱을 긁적였다.

"그런데 말이야……."

"응?"

소령이 고개를 갸웃거렸다. 무영이 쓰게 웃었다.

"점심때가 된 것 같아."

무영의 말에 소령이 자신의 배를 매만졌다. 이윽고 꼬르륵 하는 소리에 인상을 찡그렸다.

"정말이네."

소령은 주위를 살폈다. 오악 중 하나인 형산답게 상당한 규모의 마을이 형성되어 있었다.

"아, 저기 하나 있네."

때마침 무영의 시야에 들어온 객점이 있었다. 형산의 이름 그대로 가져다 쓴 형산객점이었다.

무영은 반가운 표정으로 소령의 손을 이끌었다.

하지만 객점에 가까이 다가갈수록 무언가 이상한 감을 느꼈다. 거리에는 많은 이들이 오가고 있었지만 유독 객점 앞만은 한산했기 때문이다.

"…뭐지?"

소령은 의아한 표정으로 무영을 바라보았다. 하지만 무영이라고 알 리 없지 않은가.

"들어가 보면 알겠지."

무영은 짐짓 무뚝뚝한 어조로 말하며 안으로 몸을 들이밀었다. 이윽고 쏟아진 시선에 눈살을 찌푸렸다.

객점 안은 온통 황색 무복을 입은 이들로 들어차 있었다.

"형산파의 아이들이다."

문득 소령이 전음으로 전해왔다. 무영은 짐짓 고개를 끄덕이며 객점 안을 힐끗 살폈다. 점소이를 찾기 위함이었다.

"저건 뭐야?"

그때 들려온 한줄기 목소리.

무영의 표정이 가볍게 일그러졌다. 어조에 담긴 비웃음을 느낀 탓이었다. 무영은 가만히 목소리가 들려온 쪽으로 시선을 주었다.
볼에 긴 검상이 그어져 있는 형산파의 무사가 징그러운 미소를 흘리고 있었다.
"이봐, 너무 무섭게 하지 말라고. 오줌이라도 지리면 어쩌려고 그러나?"
맞은편에 앉아 있던 깡마른 무사가 맞장구를 치며 웃었다. 이윽고 객점 안의 모든 무사들이 무영과 소령을 바라보며 비웃음을 흘렸다.
그럼에도 무영과 소령의 얼굴에는 큰 동요가 일지 않았다. 일을 벌여서는 곤란했다. 무창에 가는 것이 현재 가장 큰 과제였기 때문이다.
무영은 다시금 주위를 살피며 점소이를 찾았다. 이윽고 조심스럽게 무영 쪽으로 다가오는 점소이를 발견할 수 있었다. 그는 겁을 집어먹은 얼굴이었다.
"자리 있나요?"
무영의 물음에 점소이가 속삭이듯 말문을 열었다.
"미안한데 때가 좋지 않구나."
무영은 가볍게 한숨을 내쉬며 소령을 바라보았다. 소령은 고개를 끄덕였다.
"근처에 다른 객점은 없나요?"
무영의 물음에 점소이가 곤란한 표정을 지었다. 이 근방에서 객점이라고는 이곳이 유일했기 때문이다. 그리고 무영과 소령은 단박에 뜻을 이해할 수 있었다.
"자리 하나 주세요."
"그, 그렇지만……."
점소이는 말까지 더듬으며 주위의 눈치를 살피기에 바빴다.
"빨리 먹고 나갈게요."

옆에서 상황을 관조하고 있던 소령이 거들고 나섰다. 그럼에도 점소이는 고심하는 눈치였다.

"저기 비었네. 저기로 가자."

무영은 안 되겠다고 생각했는지 객점 중앙의 빈자리를 발견하고는 소령을 이끌었다.

빈자리로 가는 길 양옆에 빼곡히 들어앉은 형산파의 무사들은 찐득한 표정으로 둘, 정확히 말하자면 소령에게 수작을 걸고 있었다.

어리기는 하지만 누구나 한번쯤은 시선을 줄 만한 예쁜 외모에, 일단 성별 상으로 여자였기 때문이다.

여자 문도가 있기는 하지만 극히 소수. 더욱이 거의 남성화가 되어 있는 외모들이었다. 그러니 마음이 동할 수밖에 없었다.

"오라버니 한번 봐라."

"까까 사줄 테니 술 한잔 따를래?"

명백한 성희롱.

소령의 표정이 굳어졌다. 어딜 가나 이런 녀석들이 꼭 있다.

"참아. 일 벌리면 골치 아파."

무영은 소령을 자신의 옆으로 붙이며 걸음을 빨리 했다. 그때 한 무사가 짓궂은 미소를 흘리며 소령의 엉덩이 쪽으로 손을 뻗었다.

그와 동시에 소령의 몸이 무영에게서 벗어나 무사의 손을 잡아챘다.

"하지 마."

냉기가 섞인 목소리. 하지만 그 무사는 아직 상황 파악을 하지 못하고 있었다.

"까까 사준다니까?"

무사는 징그럽게 한쪽 눈을 찡그리며 잡힌 손을 빼려 했다. 어린 데다가 계집아이다. 힘이 있을 리 만무하다고 생각했다.

"어? 이게 왜……?"

무사의 눈이 동그랗게 치켜떠졌다. 아무리 용을 써도 손이 움직여지지 않았던 것이다. 무심한 눈으로 무사를 내려다보던 소령이 차갑게 한마디를 내뱉었다.

"죽는다?"

"이, 이게……?"

무사가 자유로운 반대편 손을 뻗었다. 순간 소령이 손바닥으로 무사의 턱을 올려 쳤다.

빠악!

객점 전체가 울릴 만큼 크고 묵직한 타격음.

무사의 뒤통수가 순식간에 등에 박혔다.

털썩!

무사는 허물어지듯 땅바닥에 널브러졌다.

"주, 죽은 거야?"

바로 옆에서 동료의 죽음을 목격한 무사가 더듬거리며 좌중을 향해 물었다. 방금 전까지 꼬마 계집을 향해 음담패설을 늘어놓던 녀석이 눈 한 번 깜빡할 사이에 저승으로 가버렸다. 지금의 상황이 믿어지지 않았다.

그리고 다시 한 번 동료의 시신을 보려던 찰나 순간적인 충격과 함께 목이 그 자리에서 한 바퀴 돌아갔다.

그것으로 끝.

순식간에 시체가 둘로 늘어났다.

"죽는다고 했잖아!"

소령은 차가운 표정으로 내뱉었다. 그리고 그 순간, 현재의 상황을 파악한 무사들이 일시에 검을 빼 들고 자리에서 일어섰다.

그와 동시에 무영아 크게 외치며 앞으로 튀어나갔다. 그 와중에도 소령을 향해 눈을 한 번 흘겨주는 것도 잊지 않았다.
'속전속결!'
무영은 입술을 베어 물며 처음 자신의 눈에 띈 무사의 다리를 발로 밀어 찍었다.
콰득!
한 번의 발길질에 무사의 발이 기이하게 꺾이며 엎어졌다.
"으아악!"
처절한 비명 소리.
그것이 시작이었다.
"죽여!"
무사들이 사방에서 달려들기 시작했다.
철컥!
무영은 소매에 달린 검을 뽑아 내기를 끌어올렸다.
우웅!
검이 울며 희뿌연 기운이 맺혔다.
"검기다!"
누군가의 다급한 외침. 그와 동시에 무영의 검이 일직선으로 뻗어나갔다.
피이잉!
공기가 찢어지는 소리와 함께 선두에서 달려오던 무사의 미간 한가운데에 구멍이 뚫렸다.
슈악!
그때 측면에서 옆구리를 노리고 검이 찔러 들어왔다. 무영은 가볍게 몸을 틀며 검을 휘둘렀다.
깡 하는 소리와 함께 상대편의 검이 반으로 갈라졌다.

"어?"

무사는 길이가 반으로 줄어든 검을 바라보았다.

서걱!

이윽고 이어진 살을 가르는 소리와 함께 자신의 시점이 바뀌었음을 깨달았다. 갑자기 땅바닥이 보였다. 그리고 시야가 급격하게 어두워지기 시작했다.

그것으로 끝. 또 한 명의 생명이 사라졌다.

휘릭! 휘릭!

무영은 몸을 팽이처럼 휘돌리며 쉴 새 없이 검을 휘둘렀다.

"으악!"

무영의 근처에서 쉴 새 없이 비명 소리와 피가 터져 나왔다.

"이 새끼!"

그때 무사 한 명이 뒤에서 무영을 덮쳐 눌렀다.

"그대로 잡고 있어!"

무사들은 핏발 선 눈을 번뜩이며 무영을 향해 검을 찔러 들어왔다.

"흥!"

무영은 양손을 들어 자신을 누르고 있는 무사의 목덜미를 감쌌다. 그리고 허리를 수그리며 무사를 앞으로 넘겨 버렸다.

"어? 어……?"

완전히 역전된 상황.

이윽고 자신의 시야를 꽉 채우고 들어오는 수십 개의 검을 보았다.

퍼퍼퍽!

"으아악!"

순식간에 수십 개의 검에 찔린 무사가 찢어지는 비명을 질렀다. 검이 박힌 부위에서 피가 울컥울컥 솟아 나오고 있었다. 공격을 한 무사들은 멍한 표정으로 죽어가는 자신의 동료를 바라보고 있었다. 그 순간 검은 그림자가 눈 위로 솟구쳤다. 무영이었다.

"병신들."

무영은 자조적인 목소리로 중얼거리며 검을 휘둘렀다.

피잉!

일 검에 다섯 개의 머리가 허공으로 치솟았다. 무영은 바닥에 착지하며 소령 쪽으로 힐끗 시선을 주었다. 그녀는 검이 아닌 온몸으로 무사들과 맞서고 있었다.

퉁!

소령은 최소한의 동작으로 주먹을 뻗었다. 일 권에 한 명씩 여지없이 나가떨어졌다. 권과 각을 자유자재로 구사하는 소령의 신위는 그야말로 눈이 부실 지경이었다.

"이년이!"

한 무사가 검으로 공격을 하자 소령은 고개를 살짝 옆으로 까닥이며 피했다. 그리고 순식간에 안으로 파고들어 복부에 일권을 꽂아 넣었다.

"커욱!"

무사는 순식간에 호흡이 멈춰 바닥에 무릎을 꿇고 주저앉았다. 하지만 그것이 끝이 아니었다. 소령의 발끝이 무사의 관자놀이를 찍었다.

까득 하는 소리와 함께 무사의 모가지가 꺾여 어깨에 처박혔다.

"이 썅!"

또다시 검이 찔러 들어왔다. 이번 역시 공격을 피한 소령이 몸을 휘돌리며 품으로 파고들어 팔을 잡아채 비틀었다.

빠득 하는 소리와 함께 팔이 기이하게 꺾이며 살을 뚫고 뼈가 튀어나왔다.

"끄아악!"

무사는 팔을 부여잡고 바닥을 뒹굴었다. 사람의 인체는 수많은 뼈가 존재하고 있다. 그리고 그중 어느 한곳이라도 부러지면 주체할 수 없는 고통에 전의를 상실하게 된다.

"귀찮게!"

소령은 내기를 끌어올려 양손에 집중시켰다. 그와 동시에 열 손가락을 굽혔다 뻗었다.

피피피핏!

조그만 구슬 형태로 응축된 기가 순식간에 뻗어나갔다. 그와 동시에 열 명의 무사가 미간에 구멍이 뚫리며 쓰러졌다.

그야말로 압도적인 무력이었다. 눈 한 번 깜박일 때마다 착실하게 한 명씩 줄어들고 있었다.

조금씩 무사들 사이에서 불안과 공포를 머금은 기색이 흘러나오기 시작했다. 자신들이 이만큼 희생될 동안 상대에게 아무런 피해도 입히지 못하고 있었다.

"흐음."

무영은 힐끗 형산파의 무사들을 바라보며 눈살을 찌푸렸다.

"멈춰라!"

그때, 침묵을 뚫고 엄중한 목소리가 입구 쪽에서 터져 나왔다.

무영과 소령의 시선이 그쪽으로 간 것은 당연한 일이었다.

객점의 입구에는 백발이 성성한 노인이 서 있었다. 그리고 양옆으로 네 명의 사람이 자리잡고 있었다. 그들 역시 중앙의 노인과 엇비슷한 연배로 보였다.

그와 동시에 무사들이 바닥에 무릎을 꿇고 앉으며 외쳤다.

"다섯 장로님을 뵙습니다!"

백발노인은 가볍게 고개를 끄덕여 인사를 받은 뒤 객점 안을 살피다가 안색을 찌푸렸다. 가는 신음 소리, 그리고 수십에 이르는 사망자가 객점 바닥을 피로 물들이고 있었다.
　그 모습을 바라보던 소령이 무영에게 다가왔다.
　"장로래."
　"그것도 다섯이군."
　무영은 팔짱을 끼며 고개를 끄덕였다.
　백발노인은 시신들의 중앙에 서 있는 무영과 소령을 바라보았다. 그때 바로 옆에 서 있던 노인이 말문을 열었다.
　"저들인가 보오."
　백발노인이 고개를 끄덕였다.
　"그런 것 같소."
　백발노인은 가볍게 숨을 고른 뒤 무영 쪽으로 걸음을 옮겨왔다.
　"그대들의 짓이오?"
　백발노인의 안색은 엄중하기 그지없었다. 상대방에 대한 얕잡음은 찾아볼 수 없었다. 처음 소식을 받고 달려와 객점 안으로 들어설 무렵, 본능적으로 느낄 수 있었다.
　엄청난 수준에 이른 무인이라는 것을 말이다.
　백발노인은 걸음을 옮기는 와중에도 무영과 소령의 수준을 가늠해 보았다. 그리고 내린 결론은 하나였다.
　'득보다 실이 많겠구나. 쯧……'
　백발노인은 무영의 앞에 서서 가볍게 포권을 취했다.
　"형산파에서 장로를 맡고 있는 임파소라 하오."
　"알 것 없어."
　백발노인 임파소는 예를 취했으나 무영은 자신의 이름을 답하기는커녕 하대까지 했다. 순간 무사들의 눈꼬리가 사납게 치켜 올라갔지만 섣불리 나서지는 못했다. 형산파의 가장 큰 어르신이 가만히 있었기 때문이다.

"그럼 굳이 묻지는 않겠소만 이것만은 말씀해 주서야겠소."

임파소는 주위를 둘러보며 억누른 어조로 물었다.

"왜 이러셨소?"

무영은 어깨를 으쓱했다.

"그럴 만했으니까."

"맞아!"

그때 소령이 무영의 앞으로 한 걸음 나섰다.

"내 엉덩이를 만지려고 했단 말이야! 성추행!"

순간 임파소의 새하얀 눈썹이 위로 치켜 올라갔다.

"정말이더냐?"

임파소는 고개를 숙이며 주위 무사들을 향해 물었다. 하지만 섣불리 대답을 하지 못하고 있었다.

"후우……!"

반쯤 벌어진 입에서 긴 한숨을 흘러나왔다. 임파소는 눈을 가만히 감았다.

"그랬단 말이지?"

임파소는 감았던 눈을 뜨고 무영과 소령을 바라보았다.

"그 점에 대해서는 노부가 대신 사죄하겠소."

"당연하지."

소령은 당연하다는 표정으로 고개를 끄덕였다. 이윽고 임파소가 말을 덧붙였다.

"하지만……."

"하지만?"

"우리 측의 피해는 어찌하겠소? 수십에 이르는 젊은이가 죽었소. 노부는 이 일을 묵과할 수 없소이다."

노인의 말이 끝남과 동시에 네 명의 장로가 무사들에게 지시해 입구를 막았다. 바깥에서 안쪽의 광경을 들여다보던 구경꾼들은 아쉬운 듯 자기들끼리 수군거리기 시작했다.

무영의 입가에 비릿한 미소가 머금어졌다.

"결국 이대로 보내면 쪽팔린다 이거군."

"부정하지는 않겠소."

무영은 팔짱을 끼며 고개를 끄덕였다.

"그렇지. 너희 무인 놈들은 예전부터 그랬어."

"그 말은 듣기 거북하군."

임파소의 말도 짧아졌다. 슬슬 노기가 치솟았다.

무영은 어깨를 으쓱했다.

"구차하게 조잘거리는 것은 그만두자고."

무영은 주먹을 마주 잡으며 굳은 뼈를 이완시켰다. 임파소는 대결에 임하기 전 같이 온 장로들을 바라보았다. 그들이 임파소에게 미소를 지어 보였다.

임파소는 곧 무영을 바라보며 예를 취했다. 하지만 무영은 고개만 한 번 까닥일 뿐이었다.

"그럼 시작하지."

임파소는 자세를 취했다. 무영은 가볍게 손을 늘여뜨렸다. 거기까지가 한계였다. 결국 임파소의 노기가 폭발했다.

"격식을 차리시오!"

"어째서?"

무영은 반문했다. 임파소의 얼굴이 시뻘겋게 달아오르기 시작했다.

평생을 정진해 온 무공이다. 힘들어 포기하고 싶은 마음이 든 적도 많았다. 하지만 무공에 대한 애정은 한결같았다. 그런데 눈앞에 서 있는 상대는 그렇지가 않다. 무시하고 있었다.

"그대의……!"

임파소가 뭐라고 외치는 순간이었다. 어느새 지척까지 당도한 무영의 얼굴이 시야를 꽉 메우고 있었다.

"한눈팔면 안 되지!"

무영은 크게 외치며 순식간에 임파소의 안으로 파고들어 복부에 일권을 꽂아 넣었다.

뻥!

강렬한 타격음이 객점 전체를 울렸다.

"끄으윽……."

반쯤 벌려진 임파소의 입에서 신음성이 흘러나왔다.

"비, 비겁한……."

임파소는 힘겹게 말을 끝맺은 후 바닥에 주저앉았다. 무영은 싱긋 웃었다.

"싸움에 비겁한 게 어디 있어."

"네 이놈!"

그 순간 뒤에 도열해 있던 장로들 중 한 명이 노호성을 터뜨리며 무영을 향해 달려들었다.

휘오오!

당겨진 주먹에서 범상치 않은 기류가 솟구쳤다. 하지만 무영은 양팔을 좌우로 뻗으며 여유롭게 말문을 열었다.

"다 덤벼."

"뜻대로 해주겠소!"

무영의 말이 끝남과 동시에 나머지 세 장로가 달려들었다. 그때 무영의 옆으로 소령이 달려나가며 외쳤다.
"두 명!"
무영은 빙그레 미소를 지으며 나머지 두 명과 맞부딪쳤다.
투웅-!
땅을 박차고 튀어나가 옆으로 치고 들어오는 적발의 장로를 향해 주먹을 내질렀다.
쒸아앙!
공기가 찢겨져 나가는 파공성! 하지만 적발의 장로는 급격하게 몸을 틀었다.
피웃 하는 소리와 함께 적발장로의 볼이 찢겨나가며 피가 솟구쳤다.
"이놈!"
적발장로는 노호성을 터뜨리며 검을 찔러 들어왔다. 무영은 횡으로 걸음을 옮기며 피한 뒤 검날에 대고 손가락을 퉁겼다.
땅!
날카로운 쇳소리와 함께 검날이 급격하게 휘며 적발장로의 몸이 휘청거렸다.
"허점!"
무영은 몸을 숙이며 발을 뻗어 적발장로의 발등을 후려치려 했다. 그 순간 또 하나의 검이 무영의 정수리 위로 내리 꽂혔다. 다른 한 명의 장로였다.
'치잇!'
무영은 입술을 배어 물었다. 이미 중심이 기울어 피할 수가 없었다. 어쩔 수 없이 손을 위로 치켜들었다.
푹 하는 소리와 함께 적발장로의 검이 무영의 손바닥을 뚫었다. 무영은 눈도 끔뻑하지 않은 채 망설임없이 적발장로의 발등을 찍어 찼다.

까득!

"끄악!"

무영의 발뒤꿈치가 적발장로의 발등에 움푹 박혔다. 순간 적발장로가 격통을 참지 못하고 비명성을 토해냈다. 무영은 지체없이 뻗었던 발을 수거하며 무릎을 구부렸다. 그리고 검이 박힌 손바닥을 와락 움켜쥐었다. 순식간에 검을 봉쇄당한 형상이 된 장로의 얼굴에 당혹스러운 빛이 떠올랐다.

"아프잖아!"

무영은 다른 손을 뻗어 장로의 팔뚝을 움켜쥐었다. 그리고 몸을 훌쩍 날려 팔에 몸을 싣고는 비틀어 버렸다.

으드득!

살점이 비틀어지더니 뼈가 부러지는 소리가 객점 안을 울렸다. 하지만 그것이 끝이 아니었다. 신속하게 땅에 착지한 무영은 그 탄력을 이용해 훌쩍 뛰어올라 장로의 턱에 발등을 얹었다.

뿌각!

장로의 턱이 뒤로 젖혀지며 땅바닥에 대 자로 뻗었다. 무영은 흐뜨러진 머리를 가볍게 뒤로 넘기며 적발장로를 바라보았다. 그는 으스러진 발등을 부여잡은 채 무영을 노려보고 있었다.

모두들 두 장로의 패배에 정신이 혼미한 지경에 이르고 있었다. 무영은 희미한 미소를 흘리며 소령 쪽을 바라보았다.

때마침 그녀는 마지막으로 남은 장로의 옷 앞섶을 잡아채 업어 치고 있었다. 장로의 몸이 소령의 자그만 등을 타고 공중에서 한 바퀴 돌아 땅바닥에 내동댕이쳐졌다.

재앙 47

"크으으……!"

땅바닥에 처박힌 장로가 가는 신음성을 흘리고 있었다. 그때 소령이 한쪽 발을 머리 위까지 쭉 들어올리며 말문을 떼었다.

"마무리."

말이 끝남과 동시에 소령의 발뒤꿈치가 장로의 얼굴에 작렬했다.

쾌작!

객점의 나무 바닥이 쪼개지며 장로의 얼굴이 그 안으로 박혀 들어갔다. 장로는 잠시 몸을 파들파들 떨더니 축 늘어졌다.

소령은 과장된 표정으로 손을 탁탁 털고는 무영을 바라보았다.

"수고했어."

무영은 비릿한 미소를 머금은 적발장로를 바라보았다. 그는 으스러진 발등을 부여잡은 채 눈을 크게 치켜뜨고 있었다. 지금의 이 상황이 믿어지지 않는다는 표정이었다.

처음부터 득보다 실이 많을 것이라고 예상은 했었다. 하지만 이렇게까지 압도적인 차이가 날 줄은 꿈에도 상상하지 못했다.

"다 끝났군."

"크으윽……."

무영의 말에 적발장로는 침음성을 흘리고 고개를 떨굴 수밖에 없었다. 수치스러웠다. 지금 이곳에서 몇백 년을 이어져 내려온 형산파의 위명이 땅바닥에 처박힌 셈이 되었다.

무영은 나머지 형산파의 무사들을 쭉 둘러보았다. 복합적인 감정이 섞여 있는 표정들이다. 하지만 한 가지 분명한 것은 그들이 분노하고 있다는 사실이었다.

수십에 이르는 동료들이 죽거나 다쳤다. 또한 형산파를 떠받치고 있는 다섯 장로가 처참하게 무너졌다. 실력의 높고 낮음을 떠나 노기가 치솟을 수밖에 없는 상황이었다. 그 모습을 바라보던 무영은 가슴을 쭉 폈다.

"더 해보겠나?"

무영이 나지막한 어조로 말했다. 순간 무사들이 몸을 움찔거렸다. 감정상으로는 분노하고 있었으나 이성이 행동을 막고 있었다. 나서면 죽는다는 생각이 그들의 몸을 옴짝달싹하지 못하게 만들고 있었다.

"잘 생각했어."

무영은 빙그레 웃으며 말을 이어나갔다.

"도전해 오면 적당히 상대해 주는 남자가 아니야, 나는."

무영은 저 멀리 탁자 쪽을 향해 손을 뻗었다. 그 순간 위에 놓여 있던 물잔이 덜그럭거리더니 무영의 손아귀로 빨려 들어왔다. 무영이 손에 내기를 주입하자 차가웠던 물이 부글거리며 끓어오르기 시작했다.

"허, 허공섭물… 삼매진화……."

적발장로는 허탈한 어조로 중얼거렸다. 내공이 절대지경에 이르러야만이 가능하다는 경지이다. 무영은 여유로운 미소를 지으며 단번에 물을 들이키고는 소령을 바라보았다.

"가자."

"응."

소령은 고개를 끄덕이며 객점 문 쪽으로 걸음을 옮겼다. 두 사람이 가는 방향에 있던 이들은 겁에 질린 표정으로 물러섰다. 무영은 소령을 옆에 끼고 객점을 나섰다.

"크흐흑!"

그리고 그 직후 적발장로의 두 눈에서 뜨거운 눈물이 솟구쳤다.

마을을 나서서 산길을 접어들었을 무렵 무영의 옆에서 걷던 소령이 가볍게 눈살을 찌푸렸다.

"이제 됐어."

"……?"

무영이 고개를 갸웃거렸다. 소령이 양손을 허리에 얹으며 말했다.

"혀 덴 거 다 알아."

소령의 말이 끝나기가 무섭게 무영이 혀를 삐죽 내밀고 앓는 소리를 했다.

"뜨거워 미치는 줄 알았네."

그런 모습을 바라보던 소령이 혀를 끌끌 찼다. 나름대로 폼을 잡아보겠다 한 것이겠지만 방법이 잘못되었다.

"뭐, 곧 낫겠지."

무영은 고개를 설레설레 저으며 말했다. 무영은 빙그레 웃다가 손바닥을 탁 쳤다. 그리고 갑자기 소령의 볼을 잡아 쭉 늘였다.

"악!"

소령은 짧은 비명성을 터뜨리며 무영을 노려보았다. 무영이 손을 놓자 빨갛게 달아오른 볼을 매만지며 빽 소리를 질렀다.

"이게 무슨 짓이야?"

"반성해."

"뭐가?"

"골치 아픈 일에 휘말렸잖아."

무영의 말에 소령은 잔뜩 볼을 부풀리며 고개를 획 돌렸다.

"그래도 뭐… 쳇!"

더 이상 할 말이 없었는지 소령은 고개를 푹 숙인 채 뭐라고 투덜투덜거리기만 할 뿐이었다.

"마음 같아서는 형산파 자체를 싸그리 족치고 싶었는걸?"

"에라이……."

무영이 다시금 뭐라고 하려 하자 소령은 입술을 삐죽이 내밀며 말했다.

"그래도 이만큼 해놨으니 당분간은 무림에 명함도 못 내밀 거야. 흥! 쌤통이다."

무영은 고개를 끄덕였다. 수십 명에 이르는 무사가 죽거나 다쳤다. 하지만 가장 큰 타격은 다섯 명의 장로였다. 단 한 명만이 살아남았을 뿐이다. 이것은 형산파에 있어 어마어마한 손실이었다.

그만큼 절정고수의 존재는 소중하다.

"재앙인가?"

무영은 쓰게 웃었다.

감미란은 눈살을 찌푸리며 옆에서 걷고 있는 연교휘를 바라보았다.

"이해를 할 수가 없군요."

감미란의 말에 연교휘가 고개를 갸웃거리며 바라보았다.

"어째서 교로 돌아가지 않으셨습니까?"

책망 섞인 어조에 연교휘의 입가에 미소가 머금어졌다.

"글쎄요."

"…그런 어중간한 말씀을……."

"돌아가기는 할 겁니다. 하지만 지금은 아니에요."

감미란은 고개를 설레설레 저으며 시름 어린 한숨을 내뱉었다. 연교휘는 감미란의 입장에서 보자면 껄끄러운 존재 그 이상도 이하도 아니었다.

본래부터 무영을 찾기 위해 시작한 여행이었다. 하지만 지금은 어떤가. 이미 명교에서는 태상교주의 직속 호위 단체인 혈랑대가 급파되어 감미란과 합류할 예정에 있었다. 더욱이 각 지부에서 정예 교도들이 주렁주렁 붙어 그 수가 오십에 이르렀다.

'골치 아파······.'

감미란은 지끈거리는 머리를 부여잡았다. 연교휘에게 몇 번이고 교로 돌아갈 것을 종용했으나 고집을 부리고 있었다.

둘의 뒤에서 조용히 걸음을 옮기던 인은 축 처진 감미란의 어깨를 바라보며 고개를 설레설레 내젓고 있었다.

그때였다. 누군가가 급격하게 이쪽으로 다가오고 있었다. 감미란은 고개를 갸웃거리다가 인을 바라보았다.

"연락책입니다."

"그렇군."

"알아보고 오겠습니다."

인은 고개를 끄덕이며 땅을 박차고 앞으로 나아갔다. 잠시 후 감미란의 곁으로 돌아온 인은 서신을 보이며 말했다.

"정보가 내려왔습니다."

감미란은 두 눈을 크게 뜨며 자리에서 몸을 일으켰다.

"이리로."

인은 서신을 감미란에게 건넸다. 그 모습을 바라보던 연교휘 역시 고개를 빼꼼히 내밀며 안에 적힌 내용을 살폈다.

무창으로 이동 중.

단 한 줄의 글귀. 하지만 감미란의 얼굴은 환하게 펴졌다. 연교휘는 빙그레 미소를 지으며 고개를 끄덕였다.

"무창으로 가면 되겠군요."

감미란 역시 고개를 끄덕였다. 그리고 인을 바라보며 명했다.
"바로 출발한다."

백리현의 일과는 단순했다. 하루종일 방 안에 틀어박혀 있거나 문밖의 자그마한 정원에서 바람을 쐬는 것이 다였다.
 하지만 그녀의 표정은 밝지 못했다. 눈앞에 앉아 있는 꼬마아이 유하가 자리잡고 있었기 때문이다. 철저히 자신을 속인 녀석.
"뭘 봐?"
유하는 새치름한 표정으로 백리현을 쏘아붙였다.
"칫!"
백리현은 짐짓 유하와의 시선을 외면했다. 그런 모습에 유하는 비릿한 미소를 지으며 걸레를 들고 바닥에 쪼그리고 앉았다. 그리고 바닥을 슥슥 닦기 시작했다.
 현재 그는 예전과 마찬가지로 백리현의 옆에 찰싹 붙어 잡일을 하고 있었다. 매번 투덜거리지만 명령 때문인지 착실히 이행하고 있었다.
'무현… 이라고 했지?'
유하가 주인님이라 깍듯이 모시는 사내아이.
'영이의 동생이라고……?'
확실히 닮은 구석이 많은 외모다. 하지만,
'무서운 사람…….'
너무도 독선적이고 강한 사람. 백리현은 가볍게 한숨을 내쉬며 방 안을 살폈다. 이제는 몇 달째인지 가늠이 안 될 지경이다.
"엄마… 아빠……."
하나뿐인 딸내미다. 얼마나 찾고 있을까란 생각이 들자 눈물이 솟았다.

백리현의 훌쩍임에 걸레질을 하던 유하가 안색을 찌푸리며 빽 소리를 질렀다.

"시끄러! 어디서 질질 짜고 난리야!"

유하의 말에도 백리현의 눈물은 멈추지 않았다. 도리어 서러움을 부추겨 펑펑 울게 만들었다.

"집에 가고 싶어. 흑흑!"

"아, 미치고 환장하겠네."

유하는 머리를 벅벅 긁으며 곤혹스러운 표정을 지었다. 잠시 후 백리현의 울음소리가 조금씩 잦아들기 시작했다.

"다 울었냐?"

백리현은 미약하게 고개를 끄덕였다. 유하는 한숨을 내쉬며 쪼그리고 앉아 백리현을 올려다보았다.

"왜 울고 지랄이야? 짜증나게!"

"……."

유하는 백리현의 옆에 앉으며 고개를 들어 천장을 바라보았다.

"그런 표정 짓지 마. 내가 나쁜 놈 같잖아."

"…나쁜 놈 맞잖아."

순간 유하의 눈썹이 치켜 올라갔다.

"날 속이고……. 동생이 생긴 줄 알았는데……."

백리현의 중얼거림에 유하는 머쓱한 표정을 지었다. 하지만 이내 표정을 굳히며 말문을 열었다.

"그러니까 네가 순진하다는 거야."

"…흑."

"또 운다! 울어봐!"

유하의 으름장에 백리현은 필사적으로 눈물을 참아냈다. 그렇게 얼마나 시간이 지났을까. 백리현의 입이 조심스럽게 열렸다.
"물어볼 게 있어."
유하는 귀를 후비며 심드렁한 표정으로 고개를 끄덕였다.
"말해."
"너도… 그거지?"
유하는 의아한 표정으로 고개를 갸웃거렸다.
"그거라니? 똑바로 말을 해."
"그러니까……."
솔직히 뭐라고 표현해야 할지 감이 잡히질 않았다. 하지만 이내 유하는 백리현의 말뜻을 깨달을 수 있었다.
"아, 그걸 말하는 거였군?"
백리현은 고개를 끄덕였다.
"그래. 나 역시 보통 사람과는 다른 시간을 살아가고 있지."
"어, 얼마나?"
유현은 잠시 자신이 살아온 세월을 셈해보고는 입을 열었다.
"올해로 정확히 일백 하고도 아흔다섯 번째 해를 맞이했군."
"백구십오……?"
백리현의 눈이 동그랗게 떠졌다. 무현은 육백 년, 지인의 경우에도 거의 사백 년을 살아왔다고 들었다. 몇 번을 들어도 놀랄 수밖에 없는 삶이다.
"어떻게 된 건지… 물어봐도……."
백리현이 말끝을 흐리자 유하는 선선히 고개를 끄덕이며 말문을 열었다.
"나와 주인님의 첫 만남은 태원(太原)의 대로에서였어."
옛이야기를 꺼내는 유하의 눈은 몽롱하게 변해 있었다.

"난 고아였어. 부모가 누군지도 몰라. 하지만 부모를 그리거나 한 적은 없었어. 사는 게 너무도 힘들었거든. 졸리면 자야 했고 허기가 지면 밥을 먹어야 했지.」

유하의 표정이 자조적으로 변했다.

"동냥질도 쉬운 게 아니더군. 빌어먹게도 지들끼리 세력을 구축하고 나 같은 애들을 배척하더라고. 결국 내가 할 수 있는 것은 도둑질밖에 없었어. 젠장맞지?"

그때는 너무도 힘들었지만 지금 와서 보니 추억이었다.

"도둑질을 해도 몇 대 쥐어박히는 게 고작이었는데 그날은 운이 좋지 않았어."

고작 만두 두 개를 훔친 대가로 죽기 직전까지 얻어맞았다. 부러진 갈비뼈가 폐를 찔렀다.

"바닥에 드러누워 죽기만 기다리고 있는데… 그때 주인님을 만나게 된 거야."

무현은 친절하게도 유하를 거두어주었다.

"그렇게 지금에 이르렀지."

유하의 말이 끝나자 백리현의 눈가에 맺힌 눈물도 완전히 말라 있었다. 그녀는 잠시 고심하다가 다시금 말문을 떼었다.

"오래… 산다는 것은 어때?"

백리현의 물음에 유하의 표정이 씁쓸해졌다. 하지만 그런 궁금증이 생길 만도 할 것이다. 누가 뭐라고 해도 불로불사란 것은 모든 인간이 한 번쯤 꿈꿔보는 것이니 말이다.

"너라면 어떨 것 같아?"

"그야… 근사하지 않겠어?"

유하는 그럴 줄 알았다는 표정으로 고개를 설레설레 내저었다.

"처음에는 나도 너와 같은 생각을 했지. 하지만 시간이 지나면… 그렇지도 않아. 예를 들어, 무영."

무영이란 말이 나오자 백리현의 눈이 동그랗게 떠졌다.

"그의 경우 오 년을 주기로 머물고 있던 집을 떠날 수밖에 없었지. 왜 그랬을까?"

유하의 물음에 백리현이 처음 생각해 낸 것은 무현의 말이었다. 그때, 그러니까 무영이 황도의 성문 앞에서 한바탕 대살육을 펼치던 그 광경을 본 직후 꺼낸 것이었다.

"무영에게 있어서 너는 이용거리 그 이상도 이하도 아니야. 그저 잠시 지나쳐 가는… 그래, 유희지. 일상이야."

그때 유하의 말이 백리현을 상념에서 벗어나게 만들었다.

"네가 양아들을 받아들였다 치자. 처음에는 그렇게 귀여울 수가 없는 거야. 그런데 몇 년의 시간이 지나니 무언가 이상해."

"이상해?"

"애가 크질 않아. 몇 년이 지났음에도. 더욱이 그 나이 때라면 하루가 멀다 하고 성장할 나이인데 말이야."

순간 백리현은 모든 상황을 깨달을 수 있었다.

"그, 그건……."

유하는 고개를 끄덕였다.

"모든 사람들이 이상하게 생각하겠지. 처음에는 수군거리다가 점차 배척하게 되지. 반대로 생각해서 그들이 우리를 배척하지 않고 사이좋게 살아간다고 치자. 사람이란 만나면 결국 정이 쌓이게 마련이야. 하지만… 하지만 말이야. 결국에는 홀로 남게 돼. 나와 그들은 살아가는 시간이 다르니까."

유하는 백리현을 지그시 바라보았다.

"우리들은 세상에 낄 수 없어. 영원히 홀로 걷는 자, 그만큼 정에 굶주린 자, 찰나의 순간이나마 사람의 온기와 함께하고 싶어하는 바보 같은 존재."

백리현은 아무런 말도 할 수 없었다. 그렇게 둘 간에 잠시간의 침묵이 흘렀다.

"무현… 님과 영이는 형제가 맞지?"

간신히 가장 궁금했던 점을 꺼낼 수 있었다. 또한 유하의 앞에서는 무현님이라 칭해야 했다. 혹시라도 빼먹는 날이면 난리를 쳤기 때문이다. 하지만 아직 입에 익지 않아 존칭을 붙이는 데 애를 먹고 있었다.

무영의 이름이 나오자 자못 심각한 표정을 짓는 유하였지만 이윽고 선선히 고개를 끄덕였다.

"그렇다고 들었다."

백리현은 고개를 떨구며 힘없는 목소리로 물었다.

"이상해. 보통이라면 혈육끼리 그렇지 않잖아?"

"이봐, 세상에는 수많은 사연이 있는 법이야. 모든 것을 네 가치관 안에서 판단하려 들지 마. 그리고 나 역시 주인님과 무영 사이에 무슨 일이 있었는지는 확실히 알지 못해."

유하는 몸을 일으켰다.

"하지만 한 가지 확실한 것은 둘 사이에 지인 그 계집이 존재하고 있다는 사실이야."

"지인?"

그 늙은 여인을 말하는 것이었다.

"마음에 안 드는 년이야. 하녀인 주제에 감히 주인님을 가르치려 들고. 주인님도 그래. 그런 늙은 계집이 뭐가 예뻐서……."

끼이익.

유하가 말을 채 끝맺기 직전 방문이 열렸다. 순간 백리현과 유하의 시선이 그쪽으로 갔다.

문 앞에는 무현이 서 있었다.

노기에 가득 찬 얼굴로.

"주, 주인님……."

유하는 하얗게 질린 얼굴로 중얼거렸다. 그것은 백리현 역시 마찬가지였다.

저벅.

무현의 무거운 발걸음이 방 안으로 옮겨졌다.

"유하."

무현은 얼음장처럼 차가운 목소리로 말문을 떼었다. 유하는 땅바닥에 이마를 붙이며 떨리는 목소리로 말했다.

"요, 용서를……."

퍽!

짧지만 강렬한 타격음과 함께 유하의 몸이 백리현의 옆을 지나쳐 벽에 처박혔다.

쿠직 하는 소리와 함께 유하의 몸이 부딪친 벽이 움푹 파였다.

"크윽… 크으윽… 요, 용서해 주십……."

콰직!

가녀린 몸이 공중으로 튕겨 올라 천장에 부딪쳤다 떨어졌다. 너무도 자그만 유하는 몸을 둥글게 만 채 움찔거리고 있었다. 하지만 무현의 표정에는 한 치의 변화도 없었다.

무현의 무자비한 구타 역시 멈추지 않았다.

'그만… 제발 그만 해…….'

백리현은 구석에 움츠리고 앉아 두 귀와 눈을 꼭 닫은 채 오돌오돌 떨 수밖에 없었다.

그렇게 얼마간의 시간이 지나고 무현은 방을 나섰다. 그제야 백리현은 바닥에 대 자로 널브러져 가쁜 숨을 몰아쉬고 있는 유하에게 다가갔다.

"괜찮아?"

유하는 불어터진 입가를 씰룩이며 말문을 열었다.

"네가 보기에는 이게 괜찮아 보여?"

백리현은 유하를 바라보다가 눈썹을 치켜뜨며 무현이 나간 방문 쪽을 뚫어지게 바라보았다.

"너무하잖아? 넌 바보같이 이러고 사니?"

백리현의 말에 유하는 한 손으로 땅을 짚은 채 상체를 일으키며 말했다.

"함부로 이야기하지 마. 그래도 나에게는 생명의 은인이야."

너무도 단호한 어조에 백리현은 말문이 막혔다.

제34장
아무도 없었다

아무도 없었다

"익주라……."

무영은 씁쓸한 표정으로 중얼거렸다. 예전의 기억과는 전혀 낯선 거리의 모습.

'하지만 잊을 수 없는 도시.'

삼백육십여 년 전 이 도시에 자리잡고 있던 문파에서 한 아이를 거두었다. 자신의 손으로 키우고 묻었던 아이.

"소화……."

무영은 허탈한 표정으로 주위를 살폈다.

흑살회란 살수 집단에 몸을 담았을 무렵이다. 그런 곳이 으레 그렇듯 정보력을 이용해 무현을 찾고자 했다. 그러던 중 하나의 임무를 맡았다. 목표는 흑호문의 문주.

소화의 친아버지이기도 했다.

그들을 모두 죽이고 나올 무렵 당시 갓난아기였던 소화를 발견했다.

맨 처음에는 죽이려 했다. 하지만 그럴 수가 없었다. 아무것도 모르는 천진한 웃음을 본 순간 무영은 들었던 검을 내릴 수밖에 없었다. 그리고 정신을 차렸을 무렵, 아이는 무영의 손에서 키워지고 있었다.

오라버니가 자신의 친부모를 죽인 원수라는 사실도 모른 채.

해가 지나고 계집아이는 처녀로, 처녀는 중년 부인으로, 중년 부인은 노인이 되었다.

그녀가 늙어 죽기 직전에도 무영은 사실을 고백할 수 없었다. 그것은 무영의 이기심이었는지도 모른다.

이 아이에게만큼은 미움받고 싶지 않다는 간절한 마음.

"영아······?"

그때 들려온 목소리에 무영은 상념에서 벗어났다.

"무슨 생각을 그렇게 해?"

소령의 물음에 무영은 쓴미소를 지으며 고개를 내저었다.

"아무것도 아니야."

"싱겁기는······."

소령은 동정호에 있을 무렵보다는 한결 부드러워진 표정으로 무영을 바라보고 있었다. 서운한 마음이야 여전하겠지만 무영의 뜻을 이해했다.

"넉넉잡고 내일이면 무창에 도착하겠구나."

"응, 익주와 무창은 가까우니까."

무영은 주위를 살펴보았다.

"그렇구나. 그건 그렇고, 방은 왜 잡은 거야? 바로 무창으로 가는 것 아니었어?"

소령의 물음에 무영은 쓴미소를 지었다.

"응, 좀 알아볼 것이 있어서."

"그럼 가자."

소령이 무영을 바라보며 걸음을 옮기려 했다. 그 모습에 무영이 손을 내저었다.

"아니야. 나 혼자면 충분해."

"그래?"

"응."

소령은 피식 웃었다.

"알았어. 나는 방에 들어가서 좀 쉬고 있을래."

"많이 걸리지는 않을 거야. 한잠 자고 있어."

"이따가 보자."

소령은 가볍게 손을 흔들며 방을 잡아놓은 객점 쪽으로 걸음을 옮겼다. 이윽고 혼자 남게 된 무영의 발걸음이 천천히 옮겨졌다.

그렇게 얼마간 걷다 눈에 띈 것은 과일을 팔고 있는 노인이었다.

"말씀 좀 묻겠습니다."

얼굴에 주름이 깊게 패여 연륜이 배어 나오는 노인은 무영을 바라보며 말했다.

"뭘 줄까, 꼬마야?"

"아니요. 좀 여쭐 게 있어서요."

무영의 말에 노인의 얼굴이 금세 시무룩해졌다. 보아하니 장사가 잘 안 되는 것 같았다.

"흑호문에 대해 아십니까?"

"흑호문?"

노인은 의아한 표정을 짓다가 이내 고개를 끄덕였다.

"알고 있지. 이 길로 쭉 따라 올라가면 나오지 않느냐?"

"예?"

무영의 두 눈이 크게 치켜떠졌다. 과일 가판대 앞의 노인은 연신 곰방

대를 입에 물며 뭘 그리 놀라느냐는 표정이다.

"아직 흑호문이 있다고요?

"이상한 꼬마구나. 이곳에서 벌써 사백 년째 자리잡고 있는 무가를 모르다니, 이 지방 출신이 아니니?"

"말씀해 주셔서 감사합니다."

무영은 노인에게 꾸벅 인사를 하며 황급히 발걸음을 옮겼다.

"사과 좀 팔아주고 가!"

노인이 다급하게 외쳤지만 들리지 않았다. 무영의 발걸음에 속도가 붙었다. 입가에는 가벼운 미소가 걸려 있었다.

당연히 망했으리라 생각했다. 자신의 손으로 흑호문주를 죽였기 때문이다. 그런데 아직 그 명맥을 유지하고 있다니…….

'봐야겠어.'

무영은 예전의 기억을 더듬어 걸음을 옮겼다. 오래지 않아 저 멀리 익숙한 풍경이 눈에 들어왔다.

높은 담 위로 솟은 건물들이 기억 깊숙한 곳에서 끄집어낸 정경과 일치했다. 무영의 가슴이 가볍게 요동치고 있었다.

처음에는 이런 낯선 감정이 무엇인지 알 수 없었다. 하지만 이내 깨달았다.

그것은 안도감이었다.

뜬금없을 수도 있는 기분이다. 하지만 왠지 모르게 안도감이 들었다.

"다행이야, 정말 다행이야."

무영은 흑호문의 벽을 따라 걸었다.

잠시 후, 저 앞으로 긴 창을 들고 서 있는 사내가 보였다. 무영은 반가운 마음에 그쪽으로 뛰듯이 걸음을 옮겼다.

이윽고 사내의 앞에 선 무영은 가볍게 숨까지 헐떡이며 물었다.

"흑호문인가요?"
사내는 무영을 바라보며 의아한 표정을 짓다가 선선히 고개를 끄덕였다.
"여기가 바로 흑호문이란다."
무영의 입가에 슬그머니 미소가 걸렸다.
"세워진 지 참 오래되었다지요?"
무영의 말에 사내의 얼굴에 자부심이 서렸다.
"여기는 말이다, 세워진 지 사백 년이나 되었단다."
"대단하네요. 전통의 무가군요?"
전통의 무가란 말에 사내는 잠시 주저하다가 이내 과장스런 표정으로 말했다.
"아암, 그렇고 말고. 그런데 넌 누구… 어라?"
신나게 답해주던 사내는 두 눈을 동그랗게 뜨며 주위를 살폈다. 방금 전까지 재잘거리며 묻던 아이가 돌연 사라진 탓이었다.
"분명히 여기 있었는데? 이상하다?"
하지만 무영의 모습은 보이지 않았다.

착!
무영은 가볍게 지붕 위로 안착했다. 그간 얼마나 변했는지 궁금했다.
무영은 일말의 기대감을 가지고 고개를 쭉 돌려 주위를 살폈다. 일견 깔끔하게 잘 정돈되어 보였다. 간간이 일꾼이나 무사들이 오가고 있었다. 하지만 뭐랄까… 왠지 모르게 허전한 느낌이다.
그 수가 극히 적었기 때문이다.
'뭐지?'
무영은 연신 의아한 표정을 짓다가 궁금함을 참지 못하고 몸을 날렸다. 집 곳곳을 들러보고 내린 결론은 처음에 느꼈던 의구심과 맞아떨어진다는 것이었다.

"이상해."

무영은 턱을 매만지며 지붕 위에 쪼그리고 앉았다. 궁금증은 더해 가는데 조사를 해볼 것인지, 아니면 그냥 지나칠 것인지를 쉽사리 결정 내릴 수 없었다.

잠시 고민하던 무영은 이내 결심을 굳혔다.

탁!

바닥으로 내려온 무영은 주위를 살피며 조심스레 걸음을 옮겼다. 가끔씩 사람들이 지나가면 슬며시 몸을 피했다.

안의 정경은 예전의 기억과 그리 큰 변화가 보이지 않았다. 단지 세월의 때를 타 조금 더 고풍스러운 멋을 풍기고 있었다.

인적이 드문 탓인지 너무도 고요해 사찰에 와 있는 듯한 느낌이었다.

그렇게 얼마나 걸었을까. 자그만 문을 지나칠 무렵이었다. 무영의 눈앞에 자그만 연못이 펼쳐졌다. 무영은 기억을 더듬어보았다. 분명 예전에는 없었던 곳이다.

'여기가 어디였더라?'

무영이 잠시 넋을 놓고 있을 무렵이었다.

"거기… 누구?"

문득 들려온 가녀린 목소리에 무영은 상념에서 깨어났다.

'아차……'

무영은 자신의 실수를 자책했다. 너무 감상적으로 빠져들었다. 하지만 쏟아진 물은 주워담을 수 없는 법.

무영은 가만히 고개를 돌렸다.

이십대 중반 정도의 여인. 처음의 느낌은 어딘가 건강이 좋아 보이지 않는다는 것이었다. 새하얀 얼굴에 병약한 인상의 여인은 무영을 바라보며 물었다.
"여기는 어떻게 들어왔니?"
"아……."
무영은 잠시 말끝을 흐렸다. 뭐라고 변명을 해야 할까.
"견학이요. 그런데 길을 잃어서……."
무영의 말에 여인은 선선히 고개를 끄덕였다. 무영은 내심 안도하며 '순진한 아가씨로군' 이라고 생각했다. 그리고 재빨리 화제를 돌렸다.
"누나는 누구세요?"
무영의 물음에 여인의 입가에 가벼운 미소가 머금어졌다.
"나는 이곳에서 살고 있는 사람이야."
'그건 누가 봐도 알아.'
무영은 고개를 끄덕였다. 그리고 주위를 살피며 말했다.
"이만 가볼게요. 실례했습니다."
무영은 꾸벅 인사를 하고 몸을 돌렸다. 그 순간 여인의 얼굴에 서운한 표정이 드러났다. 그녀는 잠시 주저하다가 무영의 몸이 문을 나서기 직전 입을 열었다.
"잠깐만."
"예?"
"차 좋아하니?"

여인의 차 끓이는 솜씨는 제법 괜찮았다.
무영은 차 한 모금을 입 안에 잠시 머금었다가 조금씩 목 아래로 넘겼다. 그 모습을 바라보던 여인이 놀랍다는 표정으로 입을 열었다.
"차를 제대로 마실 줄 아는구나?"
"예, 몇 번 마실 기회가 있었으니까요."

여인은 빙그레 웃었다. 무영은 찻잔을 내려놓으며 여인의 얼굴을 빤히 쳐다보았다. 그런 시선이 부담스러웠는지 여인이 가볍게 얼굴을 붉히며 물어왔다.
"내 얼굴에 뭐가 묻었니?"
"어디 아파요?"
순간 여인의 얼굴에 수심이 깃들었다.
"아파 보이니?"
"예."
여인은 의자 등받이에 등을 깊숙이 밀어 넣으며 한숨을 내쉬었다.
"몸이 그리 좋은 편이 아니야."
"어디가요?"
"잘은 모르겠어. 어려서부터 몸이 약했거든. 크면 나아질 줄 알았는데 계속 이 모양이네?"
무영은 고개를 끄덕였다.
"그건 그렇고, 누나 이름이 뭐예요?"
"아… 그러고 보니 여태 통성명을 하지 않았구나. 내 이름은 지수원이라고 해. 네 이름은?"
"무영."
여인 지수원은 고개를 끄덕였다.
"그건 그렇고… 흑호문은 세워진 지 꽤나 오래됐나 봐요?"
"응… 사백 년 정도 됐다고 들었어."
"되게 오래됐네요."
"그렇지."
"그러고 보니 여기는 사람이 별로 없어 보이더라고요. 왜 그러지요?"
무영의 물음에 지수원의 안색이 가볍게 굳어졌다.

"아마도 오늘 행사가 있어서일 거야."
"행사요?"
무영의 물음에 지수원이 말했다.
"응, 추모제가 있어."
왠지 가슴 한편이 답답해져 왔다. 무언가 느낌이 왔기 때문이다.
"추모제… 말인가요?"
"나도 잘은 모르는데… 거의 사백 년 가까이 되었을 거야. 이대 문주였던 조상님이 살수에게 당하셨거든."
순간 무영의 가슴이 덜컥 내려앉았다.
"문주님과 부인이 돌아가시고… 갓난아이였던 소소 아기씨는 살수한테 납치당했다고 들었어."
친절한 설명이었지만 무영의 귀에는 아무것도 들리지 않았다. 수연이 말한 시기나 말의 정황을 맞추어보아 자신의 손에 죽은 자가 맞았다. 하지만 그것보다 더욱 중요한 사실은,
'소소… 였구나, 소화의 본명은.'
사백 년 만에 알게 된 본명이었다. 하지만 그런 무영의 마음을 알 리 없는 지수원의 말은 계속해서 이어졌다.
"소소 아기씨 같은 경우에는 백방으로 찾기 위해 수소문해 봤지만 결국 못 찾은 모양이야. 그 이후로 매년 이맘때를 맞춰 그분들의 추모제를 하고 있어."
"…그런데도 여태껏 문파가 잘 이어져 내려왔네요?"
무영의 물음은 조심스러웠다. 지수원은 빙그레 미소를 지었다.
"지금이야 시간이 지나서 난 잘 모르겠지만… 들은 이야기로는 친척들이 상당히 고생들을 하셨나 봐."
"그렇군요."

무영은 고개를 끄덕였다.
"그러고 보니 계속해서 내 이야기만 했네? 넌 어디 사니?"
"저요? 아, 전 그냥 부모님과 여행 중이에요."
무영의 말에 지수원의 안색이 환해졌다. 몸이 약한 탓에 어려서부터 쭉 안에서만 지내왔다. 볼 수 있는 것이라고는 벽 너머의 하늘이 유일했다. 바깥 세상이 어떤지 궁금했다.
"어디어디 다녔는데?"
"동정호나 황도나… 이곳저곳 여러 군데를 다녔어요."
"황도는 어떠니? 크니?"
지수원은 흥분된 어조로 물었다. 그런 모습에 무영은 차분히 말문을 열었다. 황도의 벽은 십 장에 이르며 너무도 커서 끝이 보이지 않을 지경이다. 또한 동정호의 경치에 대해 찬탄을 늘어놓기도 했다. 여러 가지 설명을 듣고 있는 지수원의 눈망울이 몽롱해졌다.
"조금이라도 좋아. 바깥 세상을 구경할 수 있었으면……."
지수원은 측은함이 묻어 나오는 어조로 중얼거렸다. 무영은 가만히 그녀를 바라보고 있다가 말했다.
"구경할래요?"
"응?"
"내가 구경시켜 줄게요."
무영은 손을 내밀었다. 지수원은 이해가 가지 않는다는 표정으로 반문했다.
"네가 어떻게?"
"내 손을 잡아요."
"그래도……."
"어서요."

무영의 재촉에 지수원은 얼떨떨한 표정으로 내민 손을 부여잡았다. 그와 동시에 무영의 몸이 공중으로 솟구쳤다.

눈 한 번 깜박일 정도의 시간이 흐른 후 지수원은 흑호문을 벗어났다.

"어……?"

지수원은 아직도 지금의 상황을 깨닫지 못하고 있었다.

"하늘을 나는 기분이 어때요?"

무영은 빙그레 웃었다. 순간 지수원은 주위를 둘러보며 고개를 밑으로 내렸다. 저 밑으로 흑호문의 보였다.

그녀에게 흑호문은 이 세상에 전부나 마찬가지였다. 하지만 지금은 달랐다.

"쪼그매."

너무도 자그맣다. 더 넓은 도시가 펼쳐져 있었다. 지수원의 얼굴이 환하게 변했다. 얼굴을 간질이는 상쾌한 바람에 머리카락이 흩날렸다.

"멋있지요?"

무영의 말에 지수원은 고개를 끄덕였다. 너무도 다른 광경. 인생 최고의 날이었다.

"꽉 붙잡아요! 내려갑니다!"

"응!"

지수원은 무영의 꼭 부여잡았다. 순간 둘의 몸이 바닥으로 뚝 떨어졌다.

"꺄악!"

말로 표현할 수 없는 기묘한 기분.

"바닥에 내리는 순간 땅을 박차봐요."

"으, 응!"

지수원은 고개를 끄덕였다.

탁!

땅에 발이 닿았다. 그 순간 지수원은 힘차게 발을 굴렀다.

후웅!

발바닥 전체에 느껴지던 지면이 다시금 사라졌다. 그와 동시에 도시가 사라졌다. 지수원은 산 위를 날고 있었다.

"와아!"

지수원은 어린아이처럼 탄성을 터뜨렸다. 그리고 잠시 후 무영과 지수원은 자그마한 계곡에 내려앉았다.

"이제 내 손을 놓아도 돼요."

"…너무……."

지수원은 무영을 바라보며 환한 미소를 지었다.

"너무 멋졌어."

"그렇다면 다행이군요."

무영은 빙그레 웃었다.

"이게 말로만 듣던 계곡인가?"

지수원은 종종걸음으로 다가가더니 쪼그리고 앉아 계곡에 손을 담갔다.

"차갑다. 그래도 기분 좋아."

무영 역시 지수원의 옆에 앉았다. 그녀는 잠시 주저하다가 물었다.

"너… 견학하러 들어온 거 아니지?"

지수원의 말에 무영은 가볍게 고개를 끄덕였다.

"나도 무가의 여식이야. 경공이 뭔지 정도는 알아."

"그런데도 날 경계하지 않네요?"

"나쁜 사람 같지 않아 보였는걸?"

지수원은 눈을 동그랗게 뜨며 되물었다.

"경계해야 돼?"

무영은 피식 웃었다.

"그럴 필요 없어요."

지수원은 비스듬히 고개를 숙여 무영을 바라보았다.

"고마워."

"뭐가요?"

"바깥 세상을 보게 해줘서."

"별말을 다 하는군요."

무영은 별거 아니라는 투도 말했지만 지수원에게는 그렇지 않았다. 그동안 살아오며 그토록 바라왔던 소망이다.

"몸만 약하지 않아도 가끔씩 바깥바람을 쐴 수 있었을 텐데. 콜록!"

여태까지 말을 잘 이어오던 지수원이 기침을 했다. 이윽고 그녀의 안색이 조금씩 창백해졌다. 무영은 그 모습을 바라보고 있었다. 왠지 모르게 안타까운 마음이 들었다.

"잠시만 손을."

"응? 여기."

지수원은 순순히 손을 내밀었다. 무영은 그녀의 맥을 짚어보았다. 뛰는 힘이 미약하고 규칙도 일정치 않다.

"으음……."

무영은 잠시 침음성을 흘리다가 결심한 듯 고개를 끄덕였다.

"내가 건강하게 해줄 수 있다면 어쩌겠어요?"

"네가?"

무영은 고개를 끄덕였다. 지수원은 슬픈 얼굴로 고개를 내저었다.

"그동안 많은 의원들을 모셔다 치료해 봤지만 모두 헛수고였는걸. 고쳐질 리 없어."

"나라면 가능해요. 해보겠어요?"

무영의 말에 지수원은 잠시 주저하는 빛을 띠었다.

"계속 신세를 질 수는 없어."

"누나의 진실된 마음을 말해요."

무영은 몸을 일으켜 지수원을 내려다보았다. 멍한 표정으로 앉아 있던 지수원의 입이 열렸다.

"건강해지고 싶어. 나도 다른 사람들처럼… 건강하고 싶어."

비로소 무영의 입가에 미소가 머금어졌다.

"그럼 되었어요. 자, 등을 돌리고 앉아요. 편안한 자세로."

"으, 응."

"많이 아플 거예요. 하지만 절대 입을 벌리지 말아요. 알겠지요? 절대로 벌리면 안 돼요."

"응."

지수원은 고개를 끄덕이며 등을 돌리고 앉았다. 무영은 가만히 양손을 뻗어 지수원의 등에 가져다 댔다.

"시작합니다. 이제부터 입을 벌리면 안 돼요."

무영은 잠시 숨을 고르고는 내기를 끌어올리기 시작했다. 이윽고 무영의 몸 주위로 새하얀 빛이 배어 나왔다.

'크윽.'

무영의 안색이 찡그려졌다. 내력이 아닌 선천지기를 뽑아내 지수원에게 주입하고 있었다.

지수원 역시 좋은 상태는 아니었다. 온몸이 칼로 난자당하는 것과 같은 격통에 식은땀이 솟았다.

쾅! 쾅! 쾅!

몸 안에서 무언가가 계속 폭발했다. 순간 머리 속이 새하얘지며 지수원은 정신을 잃었다.

"후우……!"

무영은 피곤에 찌든 얼굴로 손을 들어 머리를 짚었다. 약간의 어지러움과 함께 속이 텅 빈 것 같은 느낌이었다.

무영은 지수원을 바라보며 몸을 일으켰다.

"으음……."

지수원은 침음성을 흘리며 몸을 뒤척였다. 그리고 눈을 떴을 때 초췌한 얼굴의 무영을 볼 수 있었다.

"…여기는?"

"흑호문이오."

무영의 말에 주위를 살펴보니 과연 처음 만났던 연못가였다. 그제야 정신을 잃기 이전의 기억이 생각났다.

"나… 정신을 잃었었지?"

"몸이 어때요?"

무영은 빙그레 웃으며 물었다. 그 모습에 지수원은 잠시 고개를 갸웃거리다가 몸이 한결 가벼워졌다는 것을 깨달았다.

"어?"

지수원은 눈을 동그랗게 떴다.

"몸이 이상해."

"그렇지요?"

"나 좀 일으켜 줄래?"

"아직은 좀 누워 있도록 해요."

무영의 말에 지수원은 선선히 수긍했다.

"나 이제 다 나은 거야?"

아무도 없었다 77

"꼭 그렇지만은 않아요."

"그렇다는 말은……?"

지수원의 표정이 다시금 침울해졌다. 무영은 피식 웃었다.

"그런 표정 지을 필요 없어요. 이제부터는 누나 하기 나름이라는 뜻이니까."

"나 하기 나름?"

"몸에 근력까지 단련시켜 줄 수는 없으니까."

"아……."

"열심히만 하면 곧 건강해질 수 있을 거예요."

"정말 고마워. 진심이야."

지수원의 말에 무영은 팔짱을 끼며 안색을 폈다. 그렇게 얼마간 몸을 이리저리 휘젓던 지수원이 물었다.

"…어째서야?"

"……?"

"그렇잖아. 처음 보는 사람인데……. 아, 넌 의심하는 건 아니야. 넌 단지……."

무영의 안색이 어둡게 가라앉았다. 무영은 가볍게 안색을 흩뜨리며 말했다.

"…참회."

"참회라니?"

지수원은 의아한 표정으로 무영을 바라보았다. 그때 저 멀리서 목소리가 들려왔다.

"아가씨! 아가씨, 어디 계세요?"

순간 지수원의 고개가 문 쪽으로 돌려졌다.

"집안 사람들이 돌아왔나 보다. 어?"

다시금 무영 쪽으로 시선을 돌리던 지수원은 눈을 동그랗게 떴다. 방금 전까지 서 있던 무영이 사라진 탓이었다.

"영아, 어디 갔니?"

하지만 그 어느 곳에서도 대답은 들려오지 않았다.

흡사 본래부터 아무도 없었던 것처럼.

무영은 지붕 위에 앉아 밑을 내려다보았다. 지수원이 이리저리 주위를 살피며 자신을 부르고 있었다.

"휴우!"

무영은 가볍게 한숨을 내쉬었다.

"잘살겠지."

무영은 굳은 표정으로 몸을 일으켰다. 마지막으로 흑호문의 건물들을 하나하나 빠짐없이 들여다본 후 미련없이 몸을 날렸다.

객점으로 돌아와 방에 들어오니 소령은 아직 잠들어 있었다.

"쯧."

무영은 가볍게 혀를 차며 방 중앙에 놓여 있는 탁자로 다가가 의자를 빼고 앉았다.

쪼르르.

주전자에서 물을 따라 한 모금 마신 무영은 의자 등받이에 몸을 깊숙이 밀어 넣고 고개를 돌렸다. 창밖으로 보이는 산등성이에 해가 기울고 있었다.

지수원에게 왜 이렇게까지 호의를 베풀었는가에 대해 생각해 보았다.

이유? 없다. 무영 자신을 이해할 수 없었다.

문득 창밖으로 비친 붉은 석양이 무영의 얼굴에 와 닿았다. 약간이지만 왠지 모르게 마음 한편이 편해진 것 같은 느낌이다.

"영이 왔니?"

"으응."

무영은 조용히 고개를 돌려 소령을 바라보았다. 그녀는 반쯤 몸을 일으킨 채 손등으로 눈 주위를 비비고 있었다.

"잘 잤니?"

"응. 갔던 일은 잘됐어?"

"응."

무영은 고개를 끄덕였다.

"잘 온 것 같아."

"다행이네. 영아, 미안한데 나 물 좀."

"잠시만."

무영이 잔에 물을 따라 가져다주었다. 소령은 물을 마신 뒤 침대에서 내려와 기지개를 켰다.

"무슨 일이 있었는데?"

"예전에 여러 가지 일이 있었지."

"그렇구나."

소령은 그 이상은 물어오지 않았다. 서로 간에 숨겨야 할 부분은 분명히 존재하는 법이다. 경솔하게 건드리고 싶지 않았다.

그 마음 씀씀이를 안 무영은 소령의 머리를 슥슥 만져 주었다. 기분 좋은 감촉을 느끼며 소령은 배시시 웃었다.

"이제 내일이면 무창에 도착하겠구나."

"응."

무영은 가볍게 한숨을 내쉬었다. 무창이라고 생각하니 다시금 가슴 한편이 답답해져 왔다. 하지만 어쩔 수 없다.

"영아."

소령의 말에 무영이 상념을 접고 바라보았다.

"잘되겠지?"

무영은 쓰게 웃었다.

"어떻게 말해줄까?"

"객관적으로."

"글쎄… 반반이야. 어떤 변수가 생길지 모르니까."

무영의 말에 소령은 입술을 삐죽 내밀었다. 그래도 긍정적인 말을 해주길 바랐던 것이다.

무영은 짓궂은 표정으로 소령의 볼을 쭉 잡아당겼다.

"아야!"

벌써 두 번이나 당한 탓에 소령의 눈이 날카롭게 변했다. 무영은 푸근한 미소를 지으며 말문을 떼었다.

"다 잘될 거야."

그제야 소령의 표정도 한결 편하게 풀어졌다.

무영은 피식 웃었다.

'가자, 가는 거야.'

하지만 한편으로는 지울 수 없는 불안감 역시 서려 있었다.

그렇게 하룻밤을 새고 익주를 나선 무영과 소령은 극성으로 경공을 펼쳤다. 그렇게 한 시진 남짓 달리자 눈앞에 커다란 호수가 보였다.

동호.

무창에서 팔십 리 정도 떨어진 곳에 위치한 호수였다. 항주의 서호와 쌍벽을 이룰 정도로 빼어난 경치를 자랑하고 있었으나 무영의 표정에는 별다른 감흥이 보이질 않았다.

무영은 걸음을 멈추고 동호를 바라보다가 고개를 가만히 서쪽으로 고개를 돌렸다.

저 멀리 희미하지만 도시가 보였다.

"무창이다."

"응."

소령은 가만히 고개를 끄덕였다.

무창은 양자강과 한수의 합류점에 있는 대도시로 수륙 교통의 요충지였다. 또한 무영과 소령의 목적지이기도 했다.

"무창은 육십여 년 만이네."

소령의 말에 무영은 혀를 끌끌 찼다. 들어보자면 중원 무림에 소령의 발길이 안 닿은 곳이 없다.

"무창은 또 왜?"

"뭐, 그냥 놀러 다니는 거지."

"그렇군."

"이제 가봐야지."

무영의 말에 소령은 가볍게 한숨을 내쉬었다.

"가도 문제다. 녀석들도 단지 '무창으로 와라' 이 한마디만 했을 뿐이니까."

"하지만 괜히 그랬겠어? 지금도 어디선가 쥐새끼처럼 숨어서 지켜보고 있을지도 모르지."

무영은 고개를 돌려 숲 저편을 바라보았다. 하지만 인기척은 느껴지지 않았다. 무영은 희미한 미소를 지으며 소령의 어깨를 툭 쳤다.

"가자."

"응."

무영과 소령의 몸이 동시에 땅을 박차고 날아올랐다.

*   *   *

그 시각 호북성 무창 시내 중심부에 자리잡은 무림맹.
총관은 곤혹스러운 표정을 지은 채 방금 들어온 보고서를 읊었다.
"형산파가 불참한다는 통보를 보내왔습니다."
"뭐?"
청수 진인은 눈을 부릅뜨며 총관을 바라보고 반문했다. 쉽사리 이해가 가질 않았다. 얼마 전까지만 하더라도 의욕적으로 참여하겠다는 뜻을 밝혀왔던 그들이기 때문이다.
"이해를 할 수가 없군. 왜지?"
"봉문을 선언했습니다."
순간 청수 진인의 눈이 부릅떠졌다.
"무슨 일이 있는 건가?"
"저희도 지금 파악 중입니다. 어찌하시겠습니까?"
"어찌했으면 좋겠나?"
청수 진인의 물음에 총관은 막힘없이 자신이 생각하고 있는 바를 얘기했다.
"일단 조사단을 파견하는 것이 어떻겠습니까? 당연히 그만한 이유가 있을 테니까요."
청수 진인은 고개를 끄덕였다. 지금으로써는 그 수밖에는 없어 보였기 때문이다.
"그렇게 하도록 하게. 최대한 빨리 인원을 편성하고."
"예."
청수 진인은 짧게 한숨을 내쉬었다. 시기가 닥치면 여러 가지 악재가 겹친다더니 지금이 딱 그런 꼴이었다. 단 한 명의 인원도 아쉬운 판국이다. 그런데 불참이라니, 있을 수 없는 일이다.
"조사를 함에 있어 한 치의 빈틈도 있어서는 아니 될 것이야. 차후 보고가 들어오면 나에게 곧바로 알려주도록 하고."

"복명."

"나가보게."

총관은 예를 취한 뒤 뒷걸음질로 맹주전을 나섰다. 이윽고 홀로 남겨진 청수 진인의 얼굴이 일그러졌다. 수하의 앞에서 경솔히 감정의 고저를 내비칠 수 없었기에 참아냈다.

"크으……."

청수 진인은 침음성을 흘렸다.

"끄음… 도대체 무슨 일일까?"

청수 진인은 이마에 여러 겹으로 겹쳐진 주름을 매만졌다.

제35장
암습

암습

무창 시내는 많은 사람들로 북적이고 있었다. 또한 무림맹이 자리 잡고 있는 곳답게 무기를 지닌 무사들이 종종 눈에 띄었다.

소령은 연신 주위를 살피며 중얼거렸다.

"많이 변했네."

"당연히 변했겠지."

건성으로 받는 무영의 대답에 소령은 눈살을 찌푸렸다. 하지만 더는 뭐라고 하지 않았다. 언제 일랑 무리가 나타날지 모르기 때문이다.

"일단 돌아다녀 봐야지."

무영의 말에 소령은 고개를 끄덕일 수밖에 없었다.

하지만 한 시진이 지나도록 아무런 기미도 보이지 않았다.

"뭐지?"

무영의 말에 소령 역시 모르겠다는 표정으로 고개를 내저었다.

"어째설까?"

"이상하군. 그들답지 않아."

보통이라면 벌써 나타났어야 옳다. 아니라면…….

'또 무슨 짓을 벌이려는 거냐?'

무영은 입술을 베어 물었다. 소령 역시 좋은 표정은 아니었다. 계속 무언가 고심하는 얼굴이었다.

"이러고 있을 수는 없지."

무영은 한숨을 내쉬었다. 이쪽에서 할 수 있는 일은 없다고 봐도 무방하다, 그쪽에서 움직여 주기를 바랄 수밖에.

"일단 방이라도 잡자."

"그래."

소령은 고개를 끄덕였다.

그 시각, 무창으로 들어오는 성문을 통과하던 감미란은 안색을 찡그리며 주위를 살피고 있었다. 뒤따르는 인 역시 연신 주위를 경계하고 있었다.

명교와 무림맹.

물과 기름같이 서로 섞일 수 없는 존재였다. 더군다나 몇십 년 전에 일어난 정사대전은 아직까지 서로의 기억 속에 확실히 자리잡고 있었다.

"정파의 위선자 놈들."

감미란은 자신의 옆을 지나치는 무사를 바라보며 중얼거렸다. 인 역시 과히 좋은 표정은 아니었다. 하지만 섣불리 겉으로 드러내지는 않았다. 무창은 정파 무림의 안방이나 다름없기 때문이다.

자칫 감미란 일행의 정체가 들통나기라도 하는 날에는 수천에 이르는 무림맹 소속의 무사들과 맞부딪쳐야 한다. 말 그대로 계란으로 바위를 치는 격이다.

"어색해 보입니다."

문득 들려온 목소리에 감미란과 인의 고개가 돌려졌다. 그곳에는 이국적인 외모의 사내 연교휘가 부드러운 미소를 머금은 채 뒤따르고 있었다.

"그냥 아무 일 없다는 듯 걷도록 하세요."

"소교주님의 외모가 더 튀어 보입니다만."

인의 목소리에는 가시가 박혀 있었다.

"하하, 그렇소?"

"무례하군."

연교휘의 옆에서 걷고 있던 사십대 중반의 사내가 날이 선 목소리로 으르렁거렸다. 순간 감미란의 얼굴이 가볍게 찌푸려졌다.

"혈랑대주야말로 살기를 갈무리하시지요."

사내는 태상교주의 직속 호위대인 혈랑대의 대주 무진교였다.

"아무리 사혼요녀라지만 그 말씀은 듣기 거슬리는구려. 비록 그대가 고위직에 있다 한들 소교주님의 앞이오. 아랫사람으로서의 예의를 차리시오."

감미란과 무진교의 눈이 번뜩였다. 그 모습을 보고 있던 연교휘는 어쩔 수 없다는 표정으로 둘을 말렸다.

"모두 그만들 두시지요. 다른 이들이 눈치챌까 두렵습니다."

"예, 소교주님."

무진교는 재빨리 부복하며 대답했다.

"흥."

하지만 감미란은 코방귀를 뀌며 도도한 걸음걸이로 앞서 나갔다. 그 모습을 바라보던 무진교가 다시 한 번 발끈하고 나섰다.

"대주!"

그와 동시에 떨어진 연교휘의 호통에 무진교는 부복할 수밖에 없었다.

연교휘는 천천히 걸음을 옮기며 왁자지껄 떠드는 사람들을 바라보다가 피식 웃었다. 아마 여기 어딘가에 무영이 있을 것이다.

'왜일까.'

처음에는 도망쳐 볼까라는 생각도 했다. 마음만 먹으면 도망치는 것쯤은 식은 죽 먹기니까.

하지만 그러지 않고 감미란 일행과 합류했다. 왠지 무영을 다시 한 번 봐야겠다는 생각이 들었다. 이 감정이 무엇인지 확실치는 않지만 호기심인 것 같다.

육백 년이 넘는 세월을 살아온 존재. 인간의 범주에서 벗어난 초월적인 강함이 끌렸다. 어찌 되었든 간에 연교휘 역시 무인이기 때문일 것이다.

한 사람의 무인으로서 무영의 행보가 궁금했다. 또한 그가 말한 존재들을 보고 싶었다. 도대체 어느 수준에 이른 강자일까.

"보고 싶구나, 무영."

연교휘의 입가에 미소가 떠올랐다.

소령은 손톱을 깨물며 의자에 앉아 있었다.

"답답해 죽겠네!"

소령의 큰 외침에 객점 안의 모든 이목이 집중되었다. 그런 모습에 무영이 황급히 입가로 손가락을 가져가며 조용히 하라는 표시를 했다. 하지만 무영 역시 속이 타 들어가는 기분은 마찬가지였다. 무창에 온 지 이틀. 아직까지 일랑 측에서는 아무런 연락이 없었다.

"왜일까?"

무영은 여러 가지를 생각해 보았다. 하지만 뚜렷하게 짚이는 바가 없었다.

"마음에 들지 않아."

모든 진행이 애매모호하다. 또한 왠지 모를 불길함이 무영을 더욱 초조하게 만들고 있었다.

"하아!"

짧지만 무거운 소령의 한숨이 흘러나왔다. 무영은 잠시 생각하다가 몸을 일으켰다. 이대로 두면 안 된다.

"바람이라도 쐬러 나가자."

무영의 말에 소령은 안색을 굳혔다. 이런 판국에 무슨 바람을 쐬느냐는 표정이었다.

"따라와."

무영은 대뜸 소령의 손을 잡아끌었다.

"자, 잠깐만! 이 손 좀 놔봐!"

무영이 소령의 손을 놔준 것은 객점을 나가서 강가에 들어선 직후였다.

"아프잖아!"

소령은 빨갛게 달아오른 손을 매만지며 투덜거렸다. 무영은 눈살을 찌푸리며 말문을 열었다.

"그렇게 죽상을 하고 앉아 있으니까."

"치잇! 너는 어떻고?"

무영은 쓴미소를 지었다. 최대한 숨긴다고 했지만 어쩔 수 없이 드러났나 보다.

"맞아. 나도 답답했거든."

"후유."

소령은 연신 고개를 갸웃거리며 강가 근처에 쪼그리고 앉았다. 그렇게 잠시 동안 조용히 앉아 있던 소령이 말했다.

"왜일까?"

"응?"

소령은 두 발을 끌어 모으고는 무릎 위에 턱을 기댔다.

"일랑은 어째서 우리를 내버려 두는 거지?"

"글쎄."

뭐라 대답해 줄 말이 없었다. 그렇지 않은가. 사람 속을 어찌 알 수 있을까.

"됐다."

소령 역시 그런 무영의 기색을 눈치채고는 퉁명스럽게 말했다. 무영은 어색한 듯 턱을 매만지며 하염없이 강가를 바라보고 있었다.

"영아."

"응?"

"한 가지 물어봐도 될까?"

소령의 물음에 무영은 잠시 의아한 표정을 지었다. 하지만 이내 고개를 끄덕였다.

"물어봐도 괜찮아."

"예전부터 이상하게 생각해 오던 것이었는데 말이야."

"그래."

"어째서 일랑은 너에게 그토록 집착하는 거지?"

무영의 표정이 가볍게 굳어졌다. 소령은 그런 무영을 바라보며 말을 덧붙였다.

"생각해 보면 예전에도 그랬어. 일랑은 언제나 너를 다그쳤지."

무영의 얼굴에 그늘이 생겼다. 확실히 그랬다.

그들 중 유일하게 수십 년간 감금당한 채 무공을 배워야만 했다.

그 끔찍했던 기억. 하루에도 몇 번씩 죽고 싶다고 생각했던 지옥의 나날이었다. 하지만 무영은 죽을 수 없었다. 아니, 죽지 못했다.

찌링!

순간 머리가 지끈거리기 시작했다. 무영은 이마를 부여잡았다.

"그… 이야기는 그만 하자."

"저번에 마주쳤을 때도 그래. 내가 같이 있었음에도 일랑의 관심은 온통 너에게만 쏠려 있었지."

"…그, 그만……."

무영은 몸을 움츠리며 말을 더듬었다. 하지만 그것을 눈치채지 못한 소령의 말은 계속해서 이어졌다.

"듣고 싶어, 왜 그런 건지. 예전부터……."

"그만! 그만 해!"

무영이 몸을 일으키며 발악하듯 외쳤다. 그런 모습에 도리어 당황한 것은 소령이었다. 하지만 이내 아차 했다.

무영은 필사적으로 숨기고 있지만 일랑에게 가지고 있는 본능적인 두려움을 괜히 들쑤신 격이 되었다.

"미안, 미안해."

소령은 무영의 옷소매를 부여잡으며 다급하게 말했다. 무영은 격앙된 표정으로 숨을 몰아쉬다가 이마를 눌렀다.

"후우……!"

무영은 바닥에 주저앉더니 고개를 푹 숙였다. 소령이 잔뜩 겁을 집어먹은 표정으로 말했다.

"정말 미안해. 내가 생각이 짧았어."

"나야말로."

무영은 쓴웃음을 지었다. 그제야 소령은 안도한 표정이었다.

"…나에게 집착하는 이유라……."

거기까지 이야기하다가 잠시 말문을 닫았다. 소령은 방금 전과 같은 우를 범하지 않기 위해 입을 꼭 다물고 무영을 바라보기만 했다.

"그건 말이야."

무영의 말문이 열렸다. 소령이 침을 꼴깍 삼키며 무슨 말이 나오는지 주시했다. 그때였다.

"혹시……."

갑작스레 등 뒤에서 들린 목소리. 무영과 소령은 동시에 고개를 돌렸다. 눈앞에 한 여인이 서 있었다. 경장 차림의 그녀는 전체적으로 차가운 인상이었다.

"누구세요?"

소령이 고개를 갸웃거리며 물었다. 무영 역시 마찬가지였다.

"저희들한테 무슨 일이신지요?"

무영은 살짝 몸을 일으키며 묻다가 눈을 동그랗게 떴다. 갑자기 여인의 눈가에 물기가 서렸다.

"어?"

무영과 소령은 서로를 마주 보며 의아한 표정을 지었다. 생전 처음 보는 여인이다. 왜 갑자기 자신들의 앞에서 눈물을 흘리는지 영문을 몰랐다.

"오라버니."

"오라버니?"

소령은 황당한 어조로 반문했다. 무영 역시 같은 감정이었다.

'뭐지?'

자세히 뜯어보니 무언가 이상했다. 생전 처음 보는 여인이었지만 왠지 모르게 낯이 익었다.

"절 아시나요?"

결국 여인의 볼을 타고 눈물이 흘러내렸다.

"너, 너무하세요. 전 한시도 오라버니를 잊은 적이 없었는데……."

소령의 눈초리가 험악해졌다. 무영은 어리둥절한 표정으로 고개를 내저었다.

"죄송하지만… 잘 모르겠습니다만……."

"저 인이에요."

순간 무영의 눈이 더 이상 커지지 못할 정도로 동그래졌다.

"인……?"

여인 인은 고개를 끄덕이더니 무영이 피할 새도 없이 품에 꼭 안겨 버렸다.

"……!"

놀랍고도 당황스러운 상황에 무영이 되물었다.

"네가 울보 인?"

인의 얼굴이 빨갛게 달아올랐다.

"그런 말 하시면 싫어요."

"허……."

무영은 허탈한 표정이었다.

"인, 거기서 뭐 하고 있는 게냐?"

그때 또다시 들려온 목소리에 무영은 움찔했다. 낯익은 목소리.

"마님."

인은 눈물을 닦으려는 생각도 하지 못한 채 고개를 돌렸다. 무영은 입술을 배어 물었다.

"누구랑 같이 있는 거냐?"

감미란은 눈물을 흘리고 있는 인을 바라보며 물었다. 하지만 곧바로 그녀의 품에 안겨 고개를 푹 떨구고 있는 사내아이를 발견할 수 있었다.

두근.

감미란의 심장이 크게 요동쳤다.

"아… 아……."

머리 속이 하얗게 변했다. 그때 사내아이가 가만히 고개를 들며 감미란과 시선을 맞췄다. 딱딱하게 굳은 얼굴로 바라보고 있었다.

한시도 잊은 적이 없는 얼굴이다.

"여, 영아……."

감미란의 시야가 희뿌옇게 변색되었다.

"여어, 다시 보게 되네?"

뒤이어 연교휘가 손을 들며 다가왔다.

'연교휘.'

무영은 눈을 부라렸다.

"오래간만이군."

무영의 말에 연교휘는 어색한 미소를 지으며 머리를 긁적였다. 두 사람이 같이 있다는 이야기는…….

"다 말한 건가?"

무영의 말에 연교휘는 무겁게 고개를 끄덕였다.

'그렇군. 다 알게 된 거군.'

내심 한숨을 내쉬던 무영의 표정이 찰나간 차갑게 변했다.

"내려놔."

무영은 살기 어린 표정으로 인을 올려다보며 짧게 말했다. 순간 인의 얼굴이 새하얗게 질리기 시작했다.

무영이 뿜어낸 살기는 인이 감당하기에 너무도 벅찼다.

"어서."

한마디를 더 덧붙임과 동시에 무영을 속박하고 있던 인의 손에 힘이 빠졌다.

"딸꾹! 끄윽……."

인은 무너지듯 바닥에 주저앉아 딸꾹질을 했다. 극도의 공포에 얼이 나갔다.

착!

무영은 가뿐히 바닥에 착지했다. 그리고 가볍게 머리를 쓸어 넘기며 감미란을 바라보다가 히죽 웃었다.

"아둔하군."

"여, 영아?"

감미란은 영문을 모르겠다는 표정이었다.

지금 무슨 상황이 벌어지고 있는지 눈치채지 못한 소령이 무영에게 물었다.

"아는 사람이야?"

무영은 짐짓 고개를 끄덕이며 계속해서 퉁명스러운 어조를 유지했다.

"예전 내가 잠시 얹혀살던 집 여자야."

그러면서도 한편으로는 다급하게 전음성을 날렸다.

"아무 말도 하지 마. 제발 부탁이야."

"영아 너……?"

"제발……."

소령 역시 눈치가 없지는 않았다. 무영의 간절한 부탁에 짐짓 팔짱을 끼며 한 걸음 뒤로 물러섰다.

"왜 날 찾았지?"

"영아, 왜 그러니?"

감미란은 혼란스러웠다. 자신에게 이토록 싸늘하게 대하는 무영을 믿을 수가 없었다.

"그래, 한때 그대와 난 모자지간이었지."

무영의 입꼬리가 한쪽으로 휘어져 올라갔다.
"모르겠나? 나에게 있어 당신은 잠시 스쳐 지나가는 존재일 뿐이야. 인연이라고도 부를 수 없을 만큼 하찮은."
무영의 말에 감미란의 몸이 한차례 크게 휘청거렸다.
"하찮은 인연이라고?"
감미란은 무영을 바라보며 눈물을 흘렸다.
"그럴 리가 없잖아?"
"그건 그대의 생각일 따름이지."
자조적인 어조에 뒤에서 상황을 주시하고 있던 연교휘의 눈썹이 치켜 올라갔다.
"말이 너무 심하다!"
연교휘의 외침에도 무영의 표정에는 아무런 변화가 보이지 않았다.
"심하다? 네가 말하지 않았나? 결국 난 혼자야."
"아……."
연교휘는 허탈한 탄성을 터뜨렸다. 예전, 같이 다닐 때 분명 그렇게 말한 적이 있었다.

"어떻게 일일이 애정을 쏟을 수 있나. 결국 혼자가 될 것을 뻔히 아는데."

분명 그때는 연교휘 역시 수긍했다. 진심과 슬픔이 고루 섞여 있는 그 어조 때문이었다. 하지만 막상 눈앞에서 그런 상황이 벌어지자 어떻게 처신해야 할지 감이 안 잡혔다.
"…오, 오라버니는 혼자가 아니에요."
겨우 정신을 다잡은 인이 더듬거리며 말했다. 무영은 그런 인을 올려다보며 고개를 내저었다.

"오라버니라 부르지 마라."

"그럼 뭐라고 불러야 하나요?"

무영은 팔짱을 끼며 인을 아래위로 훑었다. 예전의 그 상냥했던 시선이 아니었다. 마치 흉측한 벌레를 바라보는 듯한 느낌.

인은 몸을 움츠리며 당혹스러운 시선이었다. 무영은 히죽 웃으며 감미란 쪽으로 고개를 돌렸다.

"그대 역시 마찬가지."

무영의 말이 끝나는 순간이었다. 연교휘가 감미란의 앞으로 나서며 말문을 열었다.

"그대의 뜻은 알겠어. 정을 떨어뜨리려면 이게 최선의 방법이겠지."

연교휘의 목소리는 차가웠다. 또한 무영이 아닌 그대라는 칭호로 바뀌었다.

"하지만 마음에 들지 않아."

무영의 표정이 굳어졌다.

"마음에 들지 않는다?"

"그래, 마음에 들지 않아!"

순간 연교휘가 크게 외치며 몸을 날렸다. 무영은 아무렇지도 않은 표정으로 연교휘를 바라만 보고 있었다.

순식간에 연교휘와 무영의 거리가 지척에 다다랐다. 그 모습을 보고 있던 소령의 몸이 순식간에 사라졌다가 연교휘의 앞으로 솟아났다.

순간 연교휘의 시야가 뒤집혔다.

콰당!

커다란 울림과 함께 연교휘가 바닥에 대 자로 널브러졌다.

"……?"

연교휘는 어리둥절한 표정으로 하늘을 올려다보고 있었다. 뭐가 어떻게 된 건지 이해를 할 수가 없었다.
"끄응."
연교휘는 쭈뼛거리며 몸을 일으키다가 오만한 표정으로 자신을 내려다보고 있는 소령을 바라보았다.
"쓸데없는 짓을."
무영의 말에 소령은 한쪽 눈을 찡긋하며 말했다.
"때가 때이니만큼 지금은 몸조심을 해야 해."
당돌한 말에 무영은 어쩔 수 없다는 표정으로 고개를 내저었다. 그리고 연교휘에게 시선을 주었다.
"아직 어리구나."
연교휘의 얼굴이 붉어졌다. 망신도 이런 망신이 없었다.
"네 이놈!"
그때 들려온 한줄기 노호성에 무영과 소령의 시선이 동시에 돌아갔다. 그곳에는 혈랑대주 무진교가 두 눈을 옹골차게 뜨고 있었다.
소령은 코방귀를 뀌었다.
"저건 뭐야?"
"뭐라? 지금 나에게 한 소리냐?"
무진교가 씨근덕거리며 걸음을 옮겼다. 저 둘을 용서할 수가 없다. 그때 연교휘가 몸을 일으키며 손을 내저었다.
"그만두십시오."
"소교주님!"
"보고도 모르시겠습니까? 저 둘은 혈랑대주께서 어찌해 볼 수 있는 상대가 아닙니다."
"하지만……!"
"명령입니다."

명령이란 말에 무진교는 뒤로 한걸음 물러섰다. 그러면서도 무영과 소령을 한번 노려봐 주는 것을 잊지 않았다.
연교휘는 소령을 바라보며 말했다.
"실로 절묘한 수법이외다."
"별말씀을, 상당한 강자시군요."
"일랑의 수하를 몰아붙일 정도지."
무영의 덧붙임에 소령의 얼굴에 한가득 놀라운 빛이 스쳐 지나갔다. 추소명을 몰아붙일 정도라면 실로 놀라운 무공이 아니겠는가.
소령은 고개를 끄덕이면서 무영을 바라보며 고개를 살짝 치켜들었다.
이제 어찌하겠느냐는 물음이었다. 무영은 가볍게 한숨을 내쉬며 몸을 돌렸다.
"가자."
"…괜찮겠어?"
무영은 무겁게 고개를 끄덕였다. 소령은 어쩔 수 없다는 표정으로 무영의 뒤를 따랐다.
"영아!"
감미란의 마음이 다급해졌다. 하지만 그 순간 무영과 소령이 몸을 날려 순식간에 사라졌다.
"흐흑……."
감미란이 고개를 떨궜다. 굵은 눈물이 바닥으로 뚝뚝 떨어졌다. 그런 모습을 바라보던 인이 다가왔다.
"마님……."
"여, 영이가… 우리 영이가……."
감미란은 울먹이는 목소리로 중얼거리고 있었다. 연교휘는 잠시 머리를 긁적이다가 감미란 쪽으로 다가와 쪼그리고 앉아 시선을 맞췄다.

"쫓아가야 하지 않겠습니까?"
"……?"
감미란이 붉게 충혈된 눈을 들었다. 연교휘는 빙그레 미소를 지으며 말문을 열었다.
"이렇게 쉽사리 포기하실 겁니까?"
감미란은 힘차게 고개를 내저었다.
연교휘는 미소를 지었다.

감미란 일행과 헤어진 무영은 곧바로 처소로 돌아와 짐을 꾸렸다. 소령은 무영을 바라보며 처연한 표정을 짓고 있었다.
"왜?"
그런 시선을 느낀 무영이 무뚝뚝한 목소리로 물어왔다. 소령은 얼굴에 한 가닥 그늘이 깃들었다.
"뭐 하는 거야?"
"뭐 하기는. 이곳에서 벗어날 기다."
"할아버지는?"
"……"
무영은 쉽사리 대답하지 못했다. 소령은 침상에 앉았다.
"너무 무리하지 마."
"내가 뭘?"
소령은 고개를 설레설레 저었다. 무영은 꾸린 혁낭을 탁자 위에 올려놓으며 씁쓸한 표정으로 말문을 떼었다.
"이럴 수밖에 없잖아?"
"이해해."
소령의 말에 무영은 힘없는 표정으로 말했다.

"고마워."

무영은 한숨을 내쉬며 침상에 주저앉았다.

"하필이면… 왜 이런 곳에서 마주친 거지?"

이해를 할 수가 없었다. 사람의 인연이란 것이 그러하겠지만 너무 얄궂지 않은가.

똑똑.

그때였다. 갑작스레 방문을 두들기는 소리에 소령과 무영의 표정이 찰나지간 굳어졌다.

소령이 조심스러운 어조로 바깥을 향해 말했다.

"누구지요?"

"심부름꾼입니다."

소령이 빼꼼히 문을 열었다. 얼굴에 주름이 자글자글한 중년 사내가 손에 서첩을 들고 서 있었다.

"무슨 일이지요?"

소령이 고개를 갸웃거리며 물었다.

"웬 사람이 이걸 전해달라고……."

무영의 눈이 부릅떠졌다.

"설마?"

소령 역시 무영을 바라보았다. 생각나는 사람은 한 명밖에 없었다.

"이리로."

무영은 심부름꾼의 손에서 서첩을 빼앗아 펼쳐 들었다.

오늘 새벽 인시(寅時:3시에서 5시 사이) 황학루(黃鶴樓).

단순한 글귀. 무영은 단박에 서첩을 와락 꾸기며 소령을 바라보았다.

소령 역시 고개를 끄덕였다.

드디어 기다리던 연락이 왔다. 하지만 한편으로 노기가 치솟기도 했다. 결국 일랑 쪽에서는 진작에 둘을 관찰하고 있었다는 말이기도 했으니까.

"…저기……?"

그때 들려온 나지막한 목소리에 무영과 소령이 시선을 돌렸다. 심부름꾼이 주춤거리며 서 있었다.

"무슨 볼일이라도 남았습니까?"

무영의 물음에 심부름꾼이 말문을 열었다.

"한 냥 닷 푼입니다"

"예?"

"후불입니다."

무영과 소령은 멍한 표정으로 눈을 끔뻑였다.

새벽녘. 소령은 초조한 표정으로 손톱을 깨물며 의자에 앉아 있었다. 그 모습을 바라보던 무영이 가볍게 안색을 굳혔다.

"좀 자두지 그래?"

무영의 말에 소령은 고개를 내저었다.

"잘 수 있을 리가 없잖아?"

침상에 누워 있던 무영은 한숨을 내쉬며 몸을 일으켰다.

"물 한 잔 줄래?"

무영의 말에 소령은 입술을 삐죽이면서도 탁자 위에 놓인 잔에 물을 따라주었다. 무영은 소령의 맞은편에 앉아 물잔을 들었다.

"하기는… 잠을 잘 수 있을 리가 없지."

"혹시 잘못되었으면 어쩌나 하는 걱정밖에 들지 않아."

"생각을 너무 부정적으로 가져가는 것은 좋지 않아."

"나도 알지만……."

소령은 두 손으로 얼굴을 감쌌다.

"너무 걱정이 돼서……."

"괜찮아."

무영은 소령의 어깨를 다독였다.

"그러는 너는?"

소령의 물음에 무영은 잠시 고개를 갸웃거렸다. 하지만 이내 그녀의 말뜻을 깨달을 수 있었다.

감미란과 인.

무영은 미소를 지었다. 하지만 왠지 모르게 슬픔이 묻어 나온다.

"…그럴 수밖에 없는 거니까."

무영은 소령을 바라보며 물었다.

"그렇지?"

"……."

소령은 쉽사리 대답할 수 없었다.

"여태껏 헤아릴 수조차 없는 수의 여인을 갈아치웠지. 하지만 처음이었어, 나를 찾은 이는."

무영의 입가에 자조적인 미소가 걸렸다.

"나 같은 게 뭐가 그리 소중하다고."

"영아."

소령이 처연한 표정으로 중얼거릴 무렵이었다. 순간 무영과 소령이 동시에 몸을 움찔거렸다.

"느꼈니?"

"응. 너도?"

소령의 말에 무영이 고개를 끄덕였다. 너무도 미약했다. 자칫하다가는 무영과 소령조차 놓칠 만큼.
"고수다."
"이 정도라면……."
소령의 말에 무영은 눈을 번뜩였다.

연교휘는 감고 있던 눈을 떴다.
"하암!"
늘어져라 하품을 한 연교휘는 몸을 일으켰다. 한참 맛나게 자고 있었건만 목이 너무 말랐다.
침상 옆 탁자에 놓여 있는 주전자를 들었지만 비어 있었다.
"빌어먹을."
연교휘는 짧은 욕지기를 내뱉으며 주전자를 들고 문을 나서려 했다.
사삭.
그때 연교휘의 귓가에 들리는 소리. 연교휘조차 잠시 '잘못 들었나?' 하고 생각할 정도로 무척이나 작고 은밀했다.
'뭐지?'
연교휘는 본능적으로 문가에 귀를 가져다 대고 바깥의 상황을 살피다가 조용히 문을 열고 문밖으로 고개를 살짝 내밀었다.
그때 반쯤 열려진 감미란의 객실 문 쪽 안으로 시커먼 발이 들어갔다. 그와 동시에 소리없이 문이 닫혔다.
연교휘는 본능적으로 위험을 감지했다. 무엇인지는 잘 모르겠지만 일단 잡으면 알 수 있을 것이다.
쾅!
연교휘는 단번에 몸을 날려 방문을 발로 찼다. 최대한 큰 소리가 나게 해 인과 무진교를 깨울 계산도 깔려 있었다.

콰작!

방문이 부서지며 연교휘가 안으로 몸을 날렸다. 그리고 감미란 쪽으로 조심조심 발걸음을 옮기고 있는 복면인을 발견할 수 있었다.

연교휘는 단번에 복면인에게 달려들며 손에 들고 있던 주전자를 던졌다. 순간 복면인은 몸을 옆으로 틀며 검을 출수했다.

슈각! 땡그랑!

한줄기 섬광이 수평으로 번뜩이더니 주전자가 공중에서 반으로 동강나 바닥에 떨어졌다.

"뭐 하는 놈이냐?!"

연교휘가 방문을 차고 들어오는 소리에 깬 감미란이 복면인에게 쌍장을 출수했다.

복면인 역시 지지 않고 양손을 뻗어 감미란의 공격을 맞받아쳤다.

콰쾅!

순식간에 섬광이 일어나며 엄청난 폭음과 함께 매캐한 연기가 방 안을 뒤덮었다.

"콜록! 콜록!"

연교휘는 소매로 입을 가린 채 연신 기침을 토해냈다. 뒤이어 인이 방 안으로 뛰어들어 왔다. 그 순간이었다.

"이놈!"

감미란의 쩌렁쩌렁한 외침에 연교휘가 연기 속으로 뛰어들며 인을 향해 외쳤다.

"불을 밝히시오! 어서!"

한 치 앞도 가늠하기 어려울 정도의 어두움에 연기까지 더해졌지만 어쩔 수 없었다. 연교휘가 오감을 극도로 집중하며 주위를 살피는 순간이었다.

차장!

연기를 뚫고 맑지만 날카로운 쇠 부딪치는 소리와 함께 불꽃이 튀었다.

"거기냐!"

연교휘는 크게 외치며 검을 찔러 들어갔다. 하지만 뒤이어 강렬한 충격과 함께 연교휘의 검이 위로 치솟았다.

"크윽!"

연교휘는 뒤로 두 걸음을 물러서며 아직까지 격하게 떨리는 검을 다잡았다.

차장! 사각! 콰당! 콰직!

여러 가지 소리가 어지러이 방 안을 울렸다. 연교휘는 이를 꽉 물며 안광을 번뜩였다. 그때 갑자기 방 안이 환해졌다. 인이 신속하게 불을 밝힌 것이다.

그리고 드러난 전경.

감미란이 누워 있던 침대와 차를 마시던 탁자는 몇 조각으로 잘려 바닥에 어지러이 널려 있었다. 또한 벽은 온통 검이 스치고 지나가 흉하게 패여 있었다.

"후우! 후우!"

그리고 그 중심에 두 사람이 대치하고 있었다. 감미란은 거친 숨을 쉬면서도 날카로운 예기를 뿜어내고 있었다. 하지만 맞은편에 서 있는 복면인은 감미란에 비해 한층 여유가 있어 보였다.

"괜찮으십니까?"

인은 다급한 목소리로 감미란을 향해 물었다.

"이 녀석, 평범한 자객이 아니야."

숨을 헐떡이는 감미란은 놀란 눈빛이었다. 보통의 자객은 암습을 특기로 하는 존재들. 분명 움직임이나 기술 등은 살수의 그것이었지만 엄청난 수준에 이른 무인이라는 사실을 부정할 수 없었다.

주룩.

감미란을 귓불을 슥 닦았다. 시뻘건 피가 손등에 묻어 나왔다.

'강하다. 나보다 강해…….'

복면인은 호흡조차 흐트러지지 않고 있었다.

연교휘로 인해 정신이 분산된 탓이다. 감미란이 틈을 놓치지 않고 선공을 했기에 망정이지 그렇지 않았다면…….

오싹.

감미란은 목 뒷줄기가 서늘해짐을 느꼈다.

"마님! 피, 피가!"

뒤늦게 감미란의 손등에 묻은 피를 발견한 인이 호들갑스럽게 외쳤다. 이윽고 인의 눈매가 사나워졌다. 하지만 그보다 연교휘의 행동이 더 빨랐다.

후웅!

순신간에 복면인의 품으로 파고든 연교휘가 검을 아래에서 위로 올려 베었다.

씨앙!

공기가 찢어지는 소리와 함께 바닥을 구르던 물잔이 파르르 떨리다가 깨졌다. 실로 엄청난 쾌검.

"크윽!"

그동안 고요하던 복면인의 눈매가 처음으로 당황스러운 빛을 띠었다. 복면인은 재빨리 옆으로 몸을 굴렸다. 그와 동시에 연교휘의 검이 허공을 갈랐다.

콰작!

그와 함께 복면인이 서 있던 자리에서부터 앞에 자리잡고 있던 벽과 천장이 한순간에 갈라졌다. 하지만 그것이 끝이 아니었다. 연교휘가 땅을 박차며 아까보다 더 빨라진 속도로 복면인을 향해 달려들었다.

땅을 굴러 공격을 피한 복면인이 몸을 일으키는 그 순간을 노린 것이다.

연교휘는 이를 꽉 물며 채찍질하듯 오른발을 휘둘렀다.

"퍽!"

크고 격렬한 타격음과 함께 복면인의 목이 돌아갔다.

연교휘는 아차 하는 표정이었다. 충분히 즉사시킬 수 있을 만큼 체중이 실렸다. 그렇다면 곤란했다. 이자가 누구인지, 무슨 목적으로 감미란을 죽이려 한 것인지 알아봐야 했기 때문이다.

"큭큭."

그 생각을 하는 와중에 들려온 목소리.

완전히 돌아갔던 모가지가 늘어났던 고무줄이 돌아오는 것처럼 제자리로 돌아왔다.

"헉!"

연교휘가 두 눈을 부릅뜨며 헛바람을 삼켰다. 순간 복면인이 손을 뻗어 연교휘의 발목을 잡아챘다.

"잡았다."

"이 새끼!"

연교휘는 몸을 날려 잡히지 않은 반대편 발을 날렸다. 순간 복면인이 팔꿈치로 들어 공격해 들어오는 연교휘의 발목을 찍었다.

퍽 하는 소리와 함께 연교휘의 인상이 일그러졌다.

찌릿찌릿.

"끄윽!"

연교휘의 입에서 짧은 비명성이 흘러나왔다. 복면인은 눈웃음을 지었다. 그는 연교휘의 발목을 부여잡은 손아귀에 힘을 가했다.

티딕! 티디딕!

미세한 소리와 함께 연교휘가 참지 못하고 고통에 찬 비명성을 내질렀다.

"크… 아악!"

"네 이놈!"

그와 동시에 무진교가 검을 휘두르며 달려들었다. 하지만 복면인의 무위는 녹록지 않았다. 그는 엄지와 검지를 마주 대며 무진교 쪽으로 가져갔다.

"피해!"

그 광경을 알아챈 연교휘가 놀라 외쳤다. 손가락을 퉁겨 사람을 폭사시키는 광경. 그것은 무영과 같이 다니던 무렵 마주친 소문산이란 괴인이 쓰던 수법이었기 때문이다.

하지만 이미 복면인과 무진교의 거리는 지척까지 좁혀져 있는 상태였다.

탁 하는 소리와 함께 손가락이 퉁겨졌다. 그와 동시에 달려들던 무진교가 화염에 휩싸이며 폭발했다.

쾅!

"안 돼!"

연교휘의 절규는 애처로웠지만 벌어진 상황을 되돌릴 수는 없었다.

후두둑!

수십, 수백으로 조각난 살점이 연교휘의 눈앞에서 떨어졌다.

"건방진 놈."

복면인이 나지막하게 중얼거리는 순간이었다. 연교휘의 안광이 번뜩였다.

"개새끼야!"

연교휘는 피끓는 심정으로 외치며 복면인을 향해 주먹을 날렸다.

"큭큭."

하지만 맞지 않았다. 현재 두 다리 모두 쓰기가 여의치 않았다. 한쪽은 붙잡혔고 다른 쪽은 팔꿈치에 찍혀 고통이 심한 상태였기 때문이다. 그때였다. 상황을 보며 틈을 노리고 있던 감미란이 질풍처럼 치고 들어와 복면인의 안면에 무릎을 박아 넣었다.

"커욱!"

불시의 기습에 여지없이 한 방 먹은 복면인의 얼굴이 뒤로 젖혀졌다. 연교휘 역시 이 틈을 놓치지 않았다. 임기응변으로 몸을 수그리며 이마로 복면인의 턱을 들이받았다.

투각!

두 번의 강렬한 공격에 복면인은 속수무책으로 당해 뒤로 나뒹굴었다. 그 틈을 놓치지 않고 복면인의 손아귀에서 빠져나온 연교휘가 뒤로 물러서며 거리를 벌렸다. 그때 호흡을 고르던 감미란의 표정이 순식간에 구겨졌다.

"으윽!"

감미란은 짧은 신음성과 함께 한쪽 무릎을 꿇었다. 발목뼈가 탈골돼 기이하게 꺾여 있었다.

"어, 어느새……?"

감미란의 중얼거림에 바닥에 대 자로 누워 있던 복면인이 몸을 흐느적거리며 일어섰다.

그 누구라도 전투 불능에 빠질 만한 공격이 연이어 들어갔다. 하지만 복면인의 눈에는 동요가 보이지 않았다.

"저럴 수가 있는 건가……?"

감미란이 새하얗게 질린 얼굴로 중얼거렸다. 인 역시 이 상황이 이해가 되지 않는다는 표정이었다.

"괴물……."

인의 중얼거림에 연교휘는 고개를 끄덕였다.

"괴물입니다."

연교휘는 일신의 내기를 최대한 끌어올리며 말을 덧붙였다.

"당신 아들의 적이기도 하고요."

감미란은 잠시 고개를 갸우뚱거리다가 연교휘의 말뜻을 깨닫고는 되물었다.

"영이의……?"

"그렇습니다."

연교휘는 고개를 끄덕이며 눈앞에 복면인을 바라보았다.

"말해줘요, 저자는 도대체 뭡니까?"

인이 격하게 고개를 내저으며 물었다. 말도 안 된다. 아무리 공격을 가해도 아무렇지도 않게 일어서고 있다. 하지만 지금 눈앞에서 벌어지고 있는 현실을 부정할 수는 없었다. 연교휘는 표정을 음습하게 굳혔다.

"말씀드리지 않았습니까?"

잠시 말을 끊은 연교휘는 크게 숨을 들이쉰 뒤 대답했다.

"괴물이라고."

"듣는 앞에서 괴물이라니, 과히 좋은 기분은 아니군."

그동안 연교휘의 말을 가만히 듣고 있던 복면인이 말했다. 그리고 잠시 몸 상태를 점검하더니 만족스러운 미소를 지었다.

"음… 다 재생되었……."

턱을 만지던 복면인의 눈이 크게 치켜떠졌다. 어느새 비검이 눈앞에 도달했기 때문이다.

하지만 그것도 잠시. 복면인은 가볍게 몸을 틀며 비검을 잡아채고는 웃음을 흘렸다.

"이제 제대로 해볼까?"

우웅! 우우웅!

스산한 울림과 함께 복면인의 옷이 나풀거리기 시작했다. 연교휘는 검을 곧추세우며 감미란과 인에게 말했다.

"단번에 들어갑시다."

"치잇!"

"별로 좋아하는 방법은 아니지만 어쩔 수 없지."

감미란은 굳은 표정으로 중얼거렸다. 말 그대로 어쩔 수 없는 상황이었다. 연교휘는 자세를 잡으며 생각했다.

'분명 예전의 그 괴인과 같은 존재다. 이를 어쩌지?'

처음 연교휘와 맞닥뜨렸던 추소명과 같은 경지에 이른 상대이나. 하지만 그녀보다 한층 까탈스럽다.

추소명의 경우 앞뒤 안 가리고 덤벼드는 성향이었다면 눈앞의 이자는 집요하기 그지없었다.

'제길.'

하지만 가장 큰 문제는 그를 죽일 수 없다는 사실이었다. 일 대 삼의 상황. 여력이 남아 있는 상태라면 동수를 점할 수 있겠지만 시간이 지날수록 불리해질 것이 불을 보듯 뻔했다.

'어떻게 해야······.'

죽일 수 있을까.

무영은 추소명과 소문산이란 괴인을 죽였다. 그는 방법을 알고 있었다.

무영은 말을 아꼈지만 그 사실만큼은 알아챌 수 있었다. 그는 죽일 수 있었지만 자신은 할 수 없다.

'기분이 더럽군.'

그들이 보기에 자신들은 아무것도 아닐 것이다. 압도적인 무력과 불멸의 삶.

"기분이 더러워! 썅!"

연교휘는 욕설을 내뱉으며 복면인을 향해 달려들었다. 그와 동시에 감미란과 인 역시 목표를 향해 튀어나갔다.

그 순간 복면인은 미친 듯이 웃으며 사방으로 내기를 폭발시키듯 뿜어냈다.

"크하하! 다 죽어버렷!"

슈가각!

유형의 내기가 사방으로 뻗으며 방 안의 모든 것을 부수기 시작했다.

연교휘는 급박하게 걸음을 멈췄다. 그 충격으로 나무로 이루어진 바닥이 쪼개졌다.

"제길!"

연교휘는 욕설을 터뜨리며 순간적으로 내기를 끌어올려 검에 집중시켰다.

끼잉! 끼이잉!

내기를 이기지 못한 검날이 격렬하게 떨리며 공명음을 뿜어냈다.

티딕! 티딕!

검날의 표면이 비명을 지르며 균열을 일으켰다. 순간 숨을 들이마시던 연교휘가 입을 다물며 눈을 부릅떴다.

"타앗!"

한줄기 기합성과 함께 당겨져 있던 검이 앞으로 튀어나왔다. 검끝에 맺혀 있던 기운이 반원형을 그리며 쏘아져 나갔다.

복면인이 뿜어낸 내기와 연교휘의 검기가 맞부딪쳤다.

하지만 그것이 끝이 아니었다. 몸을 날려 폭발 범위에서 피하기 직전 연교휘가 검두(劍頭:칼머리) 부분을 손으로 밀어 쳤다.

쩡 하는 소리와 함께 균열을 일으키던 검날이 쪼개지며 전방으로 비산했다.

콰콰쾅!

섬광과 함께 엄청난 폭발이 방 전체를 뒤덮었다.

콰르르!

방에서 시작된 폭발은 이내 객점 전체로 확산되었다. 재빨리 몸을 빼낸 연교휘와 감미란, 인은 땅으로 착지해 무너진 객점을 바라보았다. 아직까지 먼지가 자욱해 복면인이 어떻게 되었는지 파악할 수 없었다.

인은 침을 꿀꺽 삼키며 주위를 살폈다. 연달아 터진 폭발성에 많은 사람들이 바깥으로 나와 이쪽을 바라보고 있었다.

"좋지 않은데?"

도시 한복판에서의 전투는 좋지 않았다. 더욱이 이곳은 무림맹이 자리 잡고 있는 곳이지 않은가.

그것은 감미란과 연교휘 역시 느끼고 있었다. 눈앞의 상대도 중요하지만 자칫 잘못하다가는 무림맹과의 분쟁에 휘말릴 여지가 있었다.

"피하는 것이 좋겠습니다."

연교휘의 말에 감미란은 주저하는 눈빛이었다. 무영에 대한 미련이 남아 있었기 때문이다. 하지만 지금은 그것을 따질 겨를이 없었다.

"무례를 용서해 주시길."

"예?"

뜬금없는 말에 감미란이 의아한 듯 고개를 갸웃거리는 찰나였다. 연교휘가 손을 뻗어 그녀의 혈을 짚으려 했다.

"그만두시지요."

하지만 감미란은 연교휘의 생각을 한발 앞서 알아챘다. 그녀는 앞으로 흘러내린 앞 머리카락을 뒤로 넘기며 차가운 어조로 말문을 열었다.

"아무리 조급한 상태라고는 하나 물러날 때를 모르겠습니까?"

감미란의 말에 도리어 머쓱해진 연교휘는 눈을 끔뻑거릴 수밖에 없었다. 하지만 이내 미소를 지었다. 이해를 해준다면 다행이다.

연교휘는 짧게 한숨을 내쉬며 인을 바라보았다.

"때가 좋지 않으니 어쩔 수 없구나. 하지만 영이를 본 것만으로도 희망이 생긴 셈이니 다음을 기약하자꾸나."

인은 묵묵히 고개를 끄덕였다. 그녀 역시 현 상황의 심각성을 깨달았기 때문이다.

"알겠습니다."

인은 힘없이 대답하며 몸을 돌렸다. 그때였다. 그녀의 등 뒤로 몸이 불쑥 솟아올라왔다.

"아니?"

불시의 기습에 인은 속수무책이었다.

"아둔한 것."

복면인은 웃음기가 묻어 나오는 어조로 말하며 손을 뻗어 인의 머리채를 잡아챘다.

"꺄악!"

인의 뾰족한 비명성이 터져 나왔다. 복면인은 재빨리 인을 붙잡았다. 인의 가녀린 목에 복면인의 팔뚝이 감겼다.
"인!"
감미란이 애처롭게 외쳤다.
"마, 마님……."
인은 놀라움과 당혹스러움이 섞인 표정으로 감미란을 바라보고 있었다. 하지만 옴짝달싹할 수가 없었다.
복면인은 그런 인을 힐끗 바라보다가 연교휘에게 시선을 돌리며 말했다.
"상당히 아팠어."
복면인의 옷은 완전히 해져 있었다. 검기의 뒤를 따른 검의 조각을 몸으로 받을 수밖에 없었기 때문이다.
"하지만 상황 역전. 이제 어찌할 텐가?"
"크윽!"
연교휘의 침음성에 인은 당혹스러움과 수치심에 눈가를 붉혔다.
"죄, 죄송합니다."
"그녀를 놔줘라!"
연교휘는 흥험하게 외치며 한 걸음을 내디뎠다. 복면인은 여유있는 표정으로 팔뚝에 힘을 가하며 인의 목을 압박했다.
"하악! 컥!"
숨이 막힌 인의 안색이 시뻘겋게 변했다. 하지만 이내 새하얗게 질려 가기 시작했다.
"크윽……."
연교휘는 이를 으드득 갈며 그 자리에 서 있을 수밖에 없었다.
"원하는 것이 뭐냐?"

"나 같은 직종의 사람이 원하는 것은 다 똑같지. 안 그래?"

"크윽……!"

연교휘는 분노한 얼굴로 복면인을 노려보았다. 그때 복면인이 현 상황과 관계없는 말을 꺼냈다.

"나는 임무를 행함에 있어 꼭 지켜야 할 한 가지를 정해놨어. 그게 뭔지 아나?"

"……?"

연교휘와 감미란은 의아한 눈빛으로 복면인을 바라보았다. 하지만 못 본 척 복면인의 말이 이어졌다.

"절대 망설이지 말 것."

감미란의 두 눈이 커졌다.

까드득!

순간 뼈 으스러지는 소리와 함께 인의 목이 아래로 뚝 떨어졌다.

털썩.

복면인이 손을 놓자 인의 몸이 힘없이 바닥에 널브러졌다.

"안 돼!"

감미란이 절규했다. 하지만 복면인은 슬퍼할 시간조차 주지 않았다. 어느새 감미란의 앞으로 다가와 발을 올려 찼다.

그녀의 두 눈이 커졌다. 그 순간 연교휘가 감미란의 뒷덜미를 잡아채 넘어뜨렸다.

팡!

복면인의 발이 애꿎게 허공을 후려쳤다. 하지만 그것이 끝이 아니었다. 그대로 허공에서 뚝 떨어졌다.

연교휘는 화들짝 놀라 뒤로 한 걸음 물러섰다. 그와 동시에 간발의 차이로 복면인의 공격이 연교휘의 옷을 스치며 바닥을 내리찍었다.

연교휘는 반사적으로 다리의 궤적을 따라 고개를 내렸다. 하지만 그 순간 복면인이 한 손으로 땅을 짚고 축으로 돌더니 다리를 뻗어 연교휘를 걸어 넘어뜨렸다.

"우웃!"

다리가 걸린 연교휘는 휘청이며 중심을 잃었다. 하지만 냉정을 잃지 않고 허공에서 몸을 다잡으며 두 다리를 쭉 뻗었다.

"큭!"

도리어 반격까지 해오는 연교휘의 모습에 복면인은 짧은 웃음을 흘렸다. 그리고 양팔을 십 자로 교차하며 공격을 막았다.

퍽 하는 소리와 함께 복면인이 뒤로 쭉 밀려났다. 하지만 그와 동시에 땅바닥에 착지한 연교휘가 검을 사선으로 그었다.

연교휘의 검에서 혈광이 뿜어져 나오며 복면인을 향해 날아갔다. 그 모습을 바라보던 복면인은 몸을 일으킴과 동시에 자신을 베기 위해 날아오는 검기에 일장을 날렸다.

투학!

두 공격이 맞부딪치며 섬광과 함께 폭발이 일어났다. 그리고 뒤이어 충격파가 두 사람을 휩쓸었다.

"크윽……!"

연교휘는 왼발을 뒤로 빼내 지탱하며 충격파를 이겨냈다. 그 순간이었다.

"허점."

귀 뒤에서 들려오는 나직한 목소리. 연교휘는 화들짝 놀라 몸을 빼내려 했다. 하지만 그와 동시에 옆구리에 느껴지는 화끈한 통증에 얼굴이 일그러졌다.

복면인은 연교휘의 옆구리에 오른손을 박아 넣은 채 차가운 눈웃음을 짓고 있었다.

"으윽… 아아악!"

연교휘는 비명성을 토했다. 그러면서도 힘을 짜내 주먹을 휘둘렀다.

"…이 새끼가!"

휘잉!

하지만 연교휘의 주먹은 너무 느렸다. 복면인은 손쉽게 피하며 옆구리에 박아 넣었던 손을 뽑았다.

퍽! 후두둑!

옆구리에서 피가 솟구쳤다.

털썩!

연교휘는 바닥에 무릎을 꿇으며 공격당한 옆구리를 손으로 감쌌다. 하지만 피는 쉬지 않고 흘러나와 땅을 붉게 물들이고 있었다.

"큭!"

뚝… 뚝…….

복면인 역시 좋은 상태는 아니었다. 폭발에 휩쓸려 왼쪽 팔뚝 밑이 완전히 사라져 있었다. 하지만 상처는 불에 지져져 출혈은 일어나지 않았다.

"쓰읍… 이쪽 팔은 못 쓰게 되었군."

복면인은 고통을 머금은 목소리로 중얼거리면서 연교휘를 바라보았다. 어찌 되었든 간에 연교휘를 죽일 결정적인 기회가 온 것이다.

"골치를 썩였지만 어쩔 수 없는 인간."

복면인은 살기를 풀풀 풍기며 검을 치켜들었다. 그 모습을 바라보는 연교휘의 눈이 부르르 떨렸다. 갑작스레 많은 피를 흘린 탓에 몸이 제대로 말을 듣지 않았다.

'제길, 이대로 끝인가?'

"죽어라!"

복면인이 말을 끝맺음과 동시에 검이 연교휘의 정수리를 노리고 내리꽂히는 순간이었다.

"웃기는 소리!"

갑작스레 들려온 외침과 함께 복면인의 몸이 한차례 거세게 들썩이더니 뒤로 쭉 밀려났다.

"끄윽……."

뒤로 오 장이나 밀려난 복면인이 당황한 표정으로 공격이 날아온 쪽을 향해 시선을 돌렸다.

지붕 위에는 노한 표정의 무영과 소령이 서 있었다.

"……."

무영은 아래의 전경을 살폈다. 완전히 대파된 객점과 쓰러져 있는 연교휘, 그리고 황망한 표정의 감미란이 보였다. 마지막으로 목이 흉하게 꺾여 죽어 있는 인을 발견했다.

"…인."

처음 만났을 때 그녀는 무영보다 자그마한 꼬마 계집이었다.

사소한 일에도 눈물을 짓던 여린 아이였다.

생각해 보니 인은 무척이나 무영을 잘 따랐다. 집안에서 유일하게 자신의 또래였기 때문이다. 그래서인지 무영이 집을 떠나올 무렵 가지 말라고 울부짖던 인을 똑똑히 기억할 수 있었다. 그런 그녀가 지금 자신의 앞에 차가운 시신으로 쓰러져 있다.

무영은 살기를 머금은 목소리로 입을 열었다.

"네가 감히."

그를 죽이리라. 수십, 수백 갈래로 찢어 죽이리라.

퉁!

무영이 지붕을 박찼다.

순간 그 힘을 이기지 못한 지붕이 으깨졌다.

쾅!

무영의 몸 뒤로 공기가 터지며 충격파가 형성되었다. 아무것도 모르고 서 있던 소령이 그 충격파에 휩쓸리며 뾰족한 비명성을 터뜨렸다. 하지만 현재 무영의 머리 속에는 복면인에 대한 원한만이 자리잡고 있었다.

"이, 이거……."

복면인은 당황한 표정으로 쉴 새 없이 검을 휘둘렀다.

쉬앙! 쉬앙! 슈가각!

수십에 이르는 혈광이 무영을 향해 쏘아져 나갔다. 하지만 무영은 절묘하게 몸을 틀며 피해내고는 땅에 착지했다. 그리고 그 탄력을 이용해 땅을 박차며 복면인을 향해 달려들었다.

복면인은 크게 놀라 뒤로 훌쩍훌쩍 뛰며 계속해서 검을 휘둘렀다.

휘릭! 휘릭! 캉캉! 까강!

복면인의 검에서 뻗어나간 수십 갈래의 검기가 무영을 향해 날아들어왔다. 하지만 무영은 소매에 달린 검을 뽑아내 검기를 후려쳐 내며 발걸음에 더욱 속도를 붙였다. 복면인은 저도 모르게 욕설을 터뜨렸다.

"이런, 썅!"

무영은 내기를 폭사시켰다. 충격파에 휩쓸렸던 소령은 옷을 추스르며 무영을 바라보았다.

'좋지 않아.'

냉정한 듯 보이지만 실상 그렇지 않다는 사실을 알고 있다. 염무학에게 들은 대로 현재 무영의 심적 상태는 불안하기 그지없었다. 더욱이 이곳은 도시 한복판이 아닌가. 자칫하다가는 애꿎은 사람들이 휘말릴 여지가 있었다.
'막아야 하나?'
하지만 이내 고개를 저었다. 현재의 무영은 막을 수 없다. 그렇다면 최대한 빠르게 적을 쓰러뜨리는 것밖에는 방법이 없다.
"어떻게 해야……."
소령은 갈팡질팡하며 무영의 싸움을 바라볼 수밖에 없었다.
'어째서… 어째서냐.'
무영은 쥐어짜듯 생각했다. 하지만 복면인을 향한 것은 아니었다.
어째서 모두 떠나가는 것일까. 그 고통을 앎에도 어째서 악연을 되풀이하는가.
혼자가 될 것을 뻔히 아는데 어떻게 애정을 일일이 쏟을 수 있겠느냐고 말한 적이 있다. 하지만 결국 무영은 그들과 함께 살아왔다. 그리고 일정 시간이 지나자 떠나 버렸다.
무척이나 이기적이다. 남은 자들의 고통을 외면하고 자신의 행복, 그것도 찰나의 쾌락을 위해 이용했을 뿐이다.
두려운 것일지도 모른다. 그래서 그들이 자신에게서 떠나가는 것을 용납할 수 없었다.
그것은 두 번의 죽음 때문이었다.
일랑에게서 도망치고 숨어 살 때였다. 산적에게 잡혀 죽기 직전에 있는 여인을 구한 무영과 무현은 심각하게 고민했다.
본래는 그냥 버려둘까도 생각해 보았다. 산적의 손에서 구해준 것만으로도 자신들이 할 도리는 다했다고 생각했기 때문이다. 하지만 그녀는 떠나려는 두 형제를 붙잡았다. 그렇게 두 형제의 삶 안에 여인이 들어왔다.
무영은 여인을 이용할 속셈이었다. 형제의 어린 외모로 이 세상에서 살아가기가 불가능함을 알았기 때문이다. 하지만 무현은 달랐다.

무현에게 있어 여인은 어머니와도 같았다, 객관적인 나이로 치자면 무현 쪽이 훨씬 많았지만.

나중에 알게 된 사실이지만 여인에게는 전염병으로 죽은 두 아들이 있었다.

상실감에 가득 찬 여인에게는 사랑을 베풀 곳이 필요했다. 그리고 무영과 무현은 적절한 상대였다.

무영은 그것을 알았지만 무현은 그렇지가 못했다. 부모의 얼굴을 기억조차 못하는 그는 여인에게 빠져들었다.

세월이 지나고 여인은 노파가 되었다. 그녀 역시 세월의 힘을 이길 수가 없었다. 시간은 무영과 무현에게만 멈춰 있을 뿐이었다.

무현은 그녀가 자신에게서 떠나가게 될 것이라는 사실을 인정하지 못했다. 그래서 자신과 같은 존재로 만들고자 했다.

반 불로불사. 남들과 다른 시간을 걸어갈 뿐, 결국에는 흙으로 돌아가게 될 것을 알면서도 조금이라도 그녀와 살아가고 싶어했다. 하지만 무영은 그것을 용납할 수 없었다.

백 년에 일 년의 성장을 하는 불멸에 가까운 삶. 그에 따른 공허함을 아는 무영으로서는 동생의 행동을 이해할 수 없었다.

그래서 막았다.

하지만 동생을 수긍시킬 수는 없었다.

처음에는 떠나는 동생을 막지 않았다. 못했다는 말이 맞았다. 하지만 곧 돌아올 것이라는 확신이 있었다.

그렇게 백 년의 시간이 지났다. 하지만 기대와는 달리 동생은 돌아오지 않았다.

그때까지도 무영은 무현을 이해하지 못했다. 하지만 찾아야 했다. 이 세상에 하나뿐인 친혈육이 아닌가.

그 후로 또 많은 세월이 흘러서야 무영은 무현을 이해할 수 있었다. 거둬드린 소화와 지인. 특히 소화가 죽기 직전 무영 역시 가슴이 찢어지는 듯한 고통을 맛봤다. 물론 결과적으로 그녀는 인간으로서 순리에 따른 것이었지만.

그래서였다, 늙은 지인을 홀로 버려두고 떠난 것은.

그녀의 죽음까지 지켜볼 자신이 없었다. 그 후로부터였다, 무영이 사람들 틈에 섞인 것은.

첫 어미와는 끝이 좋지 않았다. 그녀는 자라지 않는 무영을 이해하지 못했다. 배척하고 쫓아냈다.

그럼에도 무영은 인연을 포기하지 못했다.

알면서도 빠져나올 수 없는 늪.

그것밖에 설명할 길이 없었다.

몇 번의 시행착오를 겪은 후 고심하던 무영은 방향을 바꿨다. 오 년이라는 기한을 정했다. 새로운 삶을 반복해 나갔다.

그렇게 살아오다가 감미란을 만났다.

처음에는 예전과 같은 마음이었다.

잠시 스쳐 지나가는 인연, 이용해야 하는 도구, 잠시의 유희.

하지만 감미란의 경우 여태까지 겪어온 여인들과 달랐다.

그녀는 순수하게 무영을 사랑했다.

하지만 이번에도 역시 끝이 좋지 않았다. 무영의 신체에 관해 들키지 않아야 한다는 강박관념에 감미란은 서서히 광기에 젖어갔다.

무영은 미련없이 떠났다. 그래서인지 무창에서 감미란과 인 두 사람과 마주쳤을 때의 감정은 무척이나 복잡했다.

감미란과 인은 무영을 찾고 있었다, 다시금 가족이 되기 위해서.

하지만 그럴 수 없었다.

한층 주름이 깊어진 감미란과 이제는 성인이 된 인.

결국에는 늙어가게 될 것이다. 그리고 떠나겠지.

참아낼 수는 있을 것이다. 연륜이란 그러한 것이니까.

하지면 결국 껍데기일 뿐.

표현 방식이 익숙해졌을 따름이다.

받는 슬픔까지 달라질 리가 없다. 그래서 냉정하게 내쳤다.

"인."

무영은 나지막이 중얼거렸다. 차가운 시신으로 변한 인을 지나치고 있었다.

'울보 주제에 일방적으로 오라버니라며 따라다니더니 이제 와서는 사과할 기회조차 주지 않는구나.'

무영은 슬픔이 가득 묻어 나오는 표정으로 생각하다가 복면인을 바라보았다.

아마도 무영 자신과 같은 존재.

일랑의 수하, 그리고,

'나의 적.'

무영의 눈썹이 치켜 올라갔다.

절대적인 공포의 대상. 하지만,

'넘어서야 할 벽.'

그렇다면.

'저놈부터 없애야 해.'

펄럭! 철컥!

무영의 소매가 펄럭이며 검이 솟구쳤다.

방금 전까지 그토록 슬픔에 차 있었건만, 적의에 가득 차 있었건만 현재 느끼고 있는 냉정한 기분을 이해할 수 없었다.

순간 주위의 사물이 하나의 선이 되었다.

극에 이른 속도.

쉬앙!

단번에 복면인에게 다가선 무영의 검이 섬광처럼 찔러 들어갔다.

촤앙!

복면인은 반사적으로 무영의 검을 막아냈다. 하지만 이것으로 끝이라 생각하면 오산이다.

무영은 이를 꽉 물며 복면인의 배에 무릎을 꽂아 넣었다.

퍼억!

"커흑!"

복면인의 몸이 숙여졌다. 무영은 그 틈을 놓치지 않고 검을 휘둘렀다. 팔뚝까지만 남아 있던 복면인의 팔이 완전히 잘려 허공으로 치솟았다. 또한 그나마도 멀쩡했던 오른팔까지 사라졌다.

"크악!"

복면인은 찢어져라 비명을 질렀다.

후둑! 투두둑!

잘린 부위에서 피가 솟으며 땅바닥을 적셨다. 복면인의 두 눈은 크게 치켜떠져 있었다. 거친 숨을 몰아쉬는 복면인의 몸이 크게 들썩였다.

치이익!

이윽고 익숙한 연기가 솟으며 잘린 부위가 아물기 시작했다. 상처는 재생이 가능하지만 절단된 부위는 잘린 부위를 가져다 붙이지 않으면 안된다.

복면인은 황급히 뒤로 물러섰다.

"제길, 제길! 제길!"

복면인은 분에 찬 목소리로 연신 제길을 외쳤다. 너무도 고통스러운 탓이었다.

반 불로불사라고는 하지만 고통이 없는 것은 아니니까.

그것도 잠시. 재빨리 주위를 살폈다. 이대로 끝날 공격이 아니다. 하지만 무영의 몸은 이미 복면인의 시야에서 사라진 상태였다.

그때 발견한 것이 구경꾼들의 시선이었다. 그들은 모두 한결같이 공중으로 고개를 들고 있었다.

복면인 역시 본능적으로 고개를 쳐들었다. 그리고 그 순간 보름달이 보였다.

무언가 이상했다.

달이 반으로 갈라져 있었다. 하지만 그것이 착각이었음을 깨닫는 시간은 오래 걸리지 않았다.

갈라져 있다고 착각한 것은 무영의 검이었다. 공교롭게도 보름달의 정중앙을 곧게 뻗은 검날이 가리고 있었던 것이다.

상황을 확실히 깨닫는 순간 검이 복면인의 정수리부터 가랑이 사이까지 가르고 지나갔다. 그와 동시에 무영이 바닥에 내려섰다.

복면인은 멍한 시선으로 무영을 바라보고 있었다.

"……"

투툭… 투투툭…….

이마에 가는 실선이 생겼다. 얼굴을 가리고 있던 복면이 잘리고 흑의의 정 중앙이 갈라지며 맨살이 드러났다. 그리고 그곳에 어김없이 새겨진 실선을 따라 빨간 피가 배어 나왔다.

"이, 이런… 제기……."

푸아악!

복면인이 채 말을 끝맺기도 전에 피가 분수처럼 솟구쳤다.

털썩.

복면인은 무릎을 꿇었다.

치이익!

몸 전체에서 연기가 치솟으며 갈라지기 직전의 몸을 부여잡고 있었다.

"죽어라."

무영은 섬뜩하도록 차가운 어조로 중얼거리며 걸음을 옮겼다. 이제 그를 머리에 검을 꽂고 힘을 흡수하기만 하면 된다. 또 하나의 적을 물리치게 되는 셈이다.

"무림맹이다! 모두 물러서라!"

그 직후였다. 커다란 외침과 함께 구경꾼들이 수군거리기 시작했다. 여태껏 상처를 회복하고 있던 연교휘가 깜짝 놀라며 무영에게 시선을 주었다.

"도망쳐야 해."

다급함이 묻어 나오는 전음성에도 무영의 굳은 표정은 펴질 줄을 몰랐다.

"이곳에서 나나 사혼요녀의 정체가 발각되면 끝장이야."

무영은 침음성을 흘리며 고개를 돌렸다.

"어?"

무영은 허탈성을 터뜨렸다. 어느새 복면인은 그 자리에 없었다. 단지 땅바닥에 흥건한 핏물만이 그가 있었음을 증명해 주고 있었다.

"어느새……?"

무영은 황급히 주위를 살폈다. 잠시 다른 곳으로 한눈을 판 것이 실수였다.

"치잇."

무영은 침음성을 흘리며 연교휘 쪽으로 다가왔다. 분했지만 어쩔 수 없었다.

연교휘는 가쁜 숨을 내쉬며 무영을 바라보았다.

"어서……."

"손이나 잡아."

무영은 연교휘의 손을 부여잡고 소령 쪽을 바라보았다. 그녀는 이미 감미란을 잡고 몸을 날리고 있었다. 무영은 바닥에 아무렇지도 않게 방치되어 있는 인의 시신 쪽으로 시선을 돌렸다.

연교휘는 고개를 내저었다. 지금으로써는 인까지 거둘 시간이 없었다.

"곧 데리러 올게."

무영은 나지막이 중얼거리며 땅을 박차고 허공으로 튀어 올랐다.

제36장
그림자가 없는 자는 울지 않는다

그림자가 없는 자는 울지 않는다

강남삼대명루 중 한곳인 황학루는 평소에도 관광객들로 북적이는 명소였다. 그것은 새벽에도 마찬가지였다. 하지만 이상하게도 오늘만큼은 인적이 없었다.

탁.

무영과 연교휘는 땅바닥에 내려앉았다. 뒤를 이어 소령이 감미란과 함께 도착했다.

"후우."

무영은 굳은 표정으로 시름 어린 한숨을 내쉬며 연교휘의 상태를 살폈다. 다행히 신속하게 응급처치를 한 탓인지 더 이상의 출혈은 없었다.

한시름 놓자 눈에 들어온 것은 망연자실한 표정을 한 채 주저앉아 있는 감미란이었다.

감미란의 옆에 멀뚱히 서 있던 소령은 무영을 바라보며 어쩌면 좋겠냐는 표정을 짓고 있었다.

무영은 가만히 고개를 내저었다.

지금은 내버려 두는 것이 좋다. 일단 먼저 해야 할 일은 인의 시신을 거둬오는 것이다.

"잠시 다녀올게."

무영의 말에 연교휘가 창백한 얼굴로 고개를 들었다. 말속에 담긴 뜻을 알아챘기 때문이다.

"지금은 위험해."

"상관없어."

무영의 간단하게 대답하며 소령에게 당부했다.

"부탁 좀 하자."

"여긴 약속 장소잖아. 위험할 수도 있어."

"아직 약속 시간까지는 여유가 있어. 얼마 걸리지도 않을 거니까."

무영이 그렇게까지 말하자 소령은 어쩔 수 없다는 표정으로 고개를 떨궜다.

팡!

어느새 황학루에는 소령과 연교휘, 그리고 감미란만이 남아 있었다.

무영은 극성으로 경공을 펼치며 현장에 도착했다. 하지만 어느새 인의 시신은 사라지고 없었다.

"……."

무영은 망연자실한 표정으로 인의 시신이 놓여 있던 자리를 바라보다가 때마침 무영의 옆을 지나치는 행인 한 명을 붙잡았다.

"여기 있던 여자 어딨어?"

"에? 여자?"

행인은 무영이 말을 걸어오자 고개를 갸웃거렸다. 영문을 모르겠다는 표정이었다. 무영은 침음성을 삼키며 거칠게 행인을 밀쳤다.
"어이쿠!"
행인한 한차례 험악한 시선으로 무영을 노려보다가 뭐라 뭐라 투덜거리며 제 갈 길을 가기 시작했다.
무영은 짜증스럽게 머리를 흐트러뜨리며 주위를 살폈다.
'어떻게든 알아내야……'
점점 초조해지는 찰나였다. 순간 무영의 눈이 번쩍 뜨였다. 우연찮게 시선이 마주친 여인이 움찔거리는 모습을 발견한 것이다. 아까의 그 구경꾼 중 한 명이 분명했다.
무영은 단번에 몸을 날려 여인을 붙잡았다.
"꺄악! 사, 살려주세요!"
무영에게 붙잡힌 여인이 발악하듯 비명성을 질렀다. 길가를 지나던 사람들의 시선이 무영 쪽으로 집중되었으나 이내 피식피식 웃었다. 무영이 어린아이의 체구였기 때문이다.
하지만 그런 것을 신경 쓸 겨를이 없는 무영이 말했다.
"여자 시신 어딨어!"
"살려주세요!"
여인은 알 수 없는 말을 지껄이며 비명만 지를 따름이었다. 결국 참지 못한 무영이 윽박지르듯 크게 외쳤다.
"이런, 쌍! 여자 시신 어딨냐고?! 너 따위한텐 관심없어!"
"에?"
"빨리 대답하지 않으면 넌 죽어!"
"여, 여자… 그 시체를 말씀하시는 건가요?"
"그래! 시신 말이야!"
무영이 격렬하게 고개를 끄덕였다.

"무, 무림맹의 사람들이 와서……."
"무림맹이 어디야?"
"저 멀리 보이는 저 건물이요. 저기가 무림… 어?"
더듬거리며 말하던 여인의 눈이 크게 떠졌다. 이미 무영은 여인이 가리킨 무림맹을 향해 내달리고 있었다.

무림맹 소속으로 시신을 받아 보관하는 검시관(檢屍官)인 녹투영은 새로 들어온 시신을 바라보며 눈살을 찌푸렸다.
"끔찍하군."
신상을 알 수 없는 이십대 여인이다.
녹투영은 종이에다가 여인에 대한 내용을 적어 내려갔다.

이름: 불명.
성별: 여.
나이: 이십대 중반으로 추정.
사인: 경추(頸椎) 골절.

간단히 말하자면 목뼈가 부러진 것이다. 하지만 이 여인의 경우는 정도가 심했다. 완전히 으스러진 뼈가 살 위로 돌출되어 목이 온통 울퉁불퉁했다.
"흐음……."
녹투영은 눈살을 찌푸리며 흰 천으로 시신을 덮었다.
같은 시각, 무영은 무림맹의 담을 넘어 지붕 위로 올라서서는 주위를 살폈다.
'어디냐.'

무영의 표정은 심각했다. 정파 무림을 대표하는 단체답게 무림맹의 규모는 어마어마했다.

'젠장.'

무영은 욕설을 속으로 삼키며 생각해 보았다. 시신이 들어올 경우 갈 곳은 어디인가?

'그렇군.'

무영은 곧 시체 안치소를 머리에 떠올릴 수 있었다.

판단을 내린 이상 지체할 이유가 없었다. 때마침 창을 든 무사 한 명이 걸어오고 있었다.

스윽.

무영은 조심스럽게 몸을 날려 순식간에 무사를 낚아챔과 동시에 아혈을 짚어 혹시 모를 돌발 상황에 대비했다.

무영은 사뿐하게 지붕 위로 올라와 무사를 바라보았다.

"……"

무림맹의 무사는 갑작스럽고 당황스러운 상황에 어찌할 바를 모르는 눈치였다. 무영은 지체없이 섭혼술을 시전했다. 이내 무사의 눈이 몽롱하게 풀렸다. 무영은 짚었던 혈을 풀며 물었다.

"시체 안치소가 어디지?"

"북쪽… 맨 안쪽… 건물……"

"북쪽의 맨 안쪽 건물이라……"

무영은 고개를 끄덕이며 몸을 날렸다. 건물은 쉽게 찾을 수 있었다. 임시로 시체를 보관하는 건물이라 그러할까.

다행히 인적은 없었다. 무영은 안도하며 밑으로 내려와 건물 안쪽에 누가 있는지를 살폈다.

'한 명. 무공을 익히지는 않았군.'

한계를 초월한 무영은 미세하게 들려오는 호흡 소리만으로도 안쪽에 자리하고 있는 사람들의 인원수와 무공 수위까지 예상할 수 있었다.

이제 남은 것은 인의 시신을 찾아 돌아가는 것만이 남았다. 무영은 조심스럽게 문을 열고 안으로 들어갔다.

건물 안은 온통 이상한 약품 냄새가 진동하고 있었다. 무영은 안색을 찡그리며 주위를 살폈다.

방 안에는 온통 시신을 보관하는 관뿐이다. 무영은 주위를 살피다가 막 인의 시신에 천을 덮고 있는 녹투영을 발견했다.

무영은 단번에 녹투영의 뒤로 들어가 수혈을 짚었다.

풀썩.

녹투영이 정신을 잃고 힘없이 바닥에 쓰러졌다. 무영은 쓰러진 녹투영의 위를 지나 인의 시신을 덮은 천을 들어냈다.

바로 그녀였다. 제발 아니기를 바랐던 그녀는 무정하게도 무영의 시선을 꽉 메운 채 들어오고 있었다.

무영은 인의 시신을 바라보며 떨리는 손을 뻗었다.

"인."

무영은 인의 목에 손을 얹으며 눈을 감았다.

"하아……."

공허한 긴 한숨이 안치소 안을 울렸다. 이곳에서 감상에 빠져 있을 시간이 없다.

우둑우둑!

무영의 골격이 기이하게 뒤틀리더니 커지기 시작했다. 작은 몸으로 시신을 안고 가기에는 무리가 있기 때문이다.

무영은 쪼그리고 앉아 녹투영의 옷을 벗겨 자신의 몸에 걸쳤다. 그리고 인의 시체를 안았다.

인의 몸은 아직까지 따듯했다. 그럴 수밖에 없었다. 혈관을 도는 피의 온도가 내려가려면 한참의 시간이 걸린다.

차갑고 통나무처럼 딱딱한 피부에 경직된 근육은 아직까지 그녀에게 어울리는 것이 아니었다.

"후우……."

무영은 마지막으로 한숨을 내쉬며 몸을 날렸다.

"씩… 씩……."

복면인은 방으로 들어오자마자 무너지듯 바닥에 주저앉아 가쁜 숨을 몰아쉬었다.

"크윽."

복면인은 침음성을 흘리며 몸을 일으켰다. 그리고 상처 부위를 바라보았다.

치이익!

상처 부위에서 연기가 솟아오르고 있었다. 복면인은 시름 어린 한숨을 내쉬며 씁쓸한 표정을 내지었다. 절단된 부위를 가져오지 못했다. 그 소리는 이제 양팔을 쓰지 못한다는 말과 마찬가지이다.

"제, 제길……."

허탈함이 배인 욕설은 입 언저리에서만 맴돌 뿐이었다. 복면인이 씁쓸한 표정을 짓고 있을 무렵이었다.

"들어가도 될까요?"

갑작스런 물음. 복면인은 잠시 고개를 갸웃거리며 상처 부위를 옷으로 덮었다.

"누구냐?"

"저, 저기요……."
"뭐야?"
"혀, 현님이……."
현이란 말에 복면인은 안도하는 기색으로 말했다.
"들어와."
끼이익.
그 말과 동시에 문이 열리며 한 여인이 방 안으로 들어왔다. 복면인은 잠시 고개를 갸웃거렸다.
"아, 안녕하세요?"
"넌 누구지? 한 번도 보지 못한 얼굴인데."
복면인의 말에 여인은 얼굴을 붉히며 조심스럽게 말문을 열었다.
"이번에… 새로……."
"그렇군. 네가 이번에 새로 들어온 아이군. 들은 적이 있다."
언뜻 이야기를 들은 것도 같다. 새로 들인 여자. 하지만 지금으로써는 써먹을 곳이 없지 않은가. 무공을 아는 것도 아니고 끽해야 잡일이나 돕는 것이 다일 것이다.
"무슨 일이지?"
"…자, 잘은 모르고요… 가보라고 해서……."
"그래… 윽!"
복면인이 한숨을 내쉴 무렵이었다. 갑작스런 통증에 얼굴이 일그러졌다.
"괘, 괜찮으세요?"
그 모습에 여인은 화들짝 놀라며 다가왔다. 복면인은 와락 짜증을 내며 매섭게 쏘아붙였다.
"네 눈에는 이게 괜찮은 것으로 보이냐?"

"죄, 죄송합니다."

여인은 눈물까지 머금으며 말을 더듬었다. 복면인은 고개를 내저었다. 그때 여인이 방 이곳저곳을 뒤지기 시작했다.

"뭐야?"

"야, 약이랑 붕대… 어디… 있는지……."

"귀찮게……. 필요없어!"

"하지만 덧나면 큰일인 걸요."

복면인은 허탈성을 터뜨렸다. 여인의 행동거지가 어이없었기 때문이다.

"몰라서 하는 소린가?"

"…예?"

"우리 몸에 대해서 말이야."

여인은 잠시 의아한 표정을 짓다가 화들짝 놀랐다. 이제야 깨달은 모양이다.

"죄송합니다, 죄송합니다."

여인은 연신 고개를 숙이며 사죄했다.

'멍청한 년 같으니.'

복면인은 혀를 끌끌 찼다. 어쩌다가 저런 어리버리한 것을 맞아들였냐며 투덜거렸지만 입 밖으로 내지는 않았다. 그런 말을 했다가는 울어버릴 것 같았기 때문이다.

'여자가 우는 건 질색이야.'

복면인은 투덜거렸다. 하지만 그것도 잠시, 다시금 극렬한 통증이 전신을 지배하기 시작했다.

"크윽……."

침음성이 흘러나오며 몸이 웅크려졌다.

그림자가 없는 자는 울지 않는다

'비, 빌어먹을… 이래서 싫어… 으윽.'

고통까지 다를 수는 없었다. 그때 여인이 다가오더니 슬픈 표정을 지었다.

"…팔이 사라지셨군요."

"꺼져! 내 눈앞에서 꺼져!"

순간 복면인이 두 눈을 부릅뜨며 외쳤다. 믿고 싶지 않은 현실이다, 결코 타인에게 보이고 싶지 않은.

"흐흑… 죄송……."

"꺼져!"

복면인의 발작에 여인은 더 이상 버티지 못하고 방을 나섰다. 이윽고 홀로 남게 된 복면인은 고개를 떨궜다.

"…팔병신이라니… 팔병신이라니……."

복면인은 허탈한 어조로 중얼거렸다. 이제 어떻게 하란 말인가. 쓸모없는 몸뚱아리가 되어버렸다.

"무영… 그리고 연교휘……."

자신의 팔을 한쪽씩 앗아간 놈들.

"복수한다. 나 적의 이름을 걸고 기필코."

복면인, 적의 어조는 오싹하기 그지없었다.

"인!"

멍하니 앉아 있던 감미란은 인의 시신을 보자마자 울부짖기 시작했다. 그 모습을 바라보던 무영은 고개를 내저으며 한숨을 쉬었다. 그리고 다시금 진기를 역으로 운용해 본래의 체구로 바꾸었다.

"…괜찮아?"

소령이 조심스럽게 물어왔다. 무영은 쓴미소를 지었다. 눈치를 보는 모습은 어울리지 않는다.

"그런 표정 짓지 마."

"슬퍼 보여."

무영의 고개가 떨궈졌다.

"벗어던지지 못한 거야."

"벗어던지면 진짜로 이제는 인간이 아니게 되어버려."

소령의 말에 무영은 고개를 들었다.

연교휘가 인의 시신에 불을 놓는 광경이 들어왔다.

타닥! 타닥!

무영은 인의 시신을 바라보고 있었다.

그녀의 육신은 조금씩 타 들어가고 있었다. 화장(火葬)시킬 수밖에 없었다. 처음 무영의 제안에 감미란은 극렬히 반대했다. 하지만 결국 눈물을 머금고 고개를 끄덕였다.

"흐흑……."

감미란은 필사적으로 설움을 억누르려 했지만 막상 인의 시신이 화염에 휩싸이자 눈물을 흘렸다.

소령은 감미란의 어깨를 한차례 다독여 주다가 멍하니 하늘을 올려다보고 있는 무영 쪽으로 걸음을 옮겼다.

"왜?"

무영의 물음에 소령은 잠시 주저하다가 눈짓으로 감미란 쪽을 바라보았다. 가봐야 하는 것 아니냐는 물음이었다.

"휴우."

긴 한숨이 흘러나왔다. 하지만 이내 고개를 내저었다.

지금 감미란에게 가면 역효과만 날 뿐이다.

"그렇겠지?"

그림자가 없는 자는 울지 않는다 145

소령 역시 뭐라 할 수가 없었다.
"무영."
무영과 소령이 말없이 서 있는데 연교휘가 다가왔다. 온몸에 붕대를 동여맨 것이 상처가 심해 보였다. 무영은 힐끗 바라보며 물었다.
"목숨에는?"
"지장없어."
연교휘는 굳은 표정으로 말문을 열었다. 무영은 고개를 끄덕였다. 그렇다면 다행이다.
"이봐."
"응?"
연교휘의 부름에 무영이 고개를 갸웃거렸다.
"난 교로 돌아간다."
"교? 명교를 말하는 건가? 돌아갈 마음이 생겼나 보군."
무영의 말에 연교휘는 주먹을 움켜쥐었다.
"할아버님을 뵈어야겠어."
"도제를 말하는 건가?"
"그래."
무영은 고개를 끄덕이다가 무언가 이상함을 깨달았다.
"너, 설마? 그들과 맞서려는 건가?"
"잘 알고 있군."
"…후회하게 될 거야."
연교휘는 뒷짐을 지며 무영의 옆에 섰다.
"명교의 역사는 핍박과 투쟁이었지."
연교휘의 입가에 희미한 미소가 지어졌다.
"달라지는 것은 없어."

"간이 부었군."
"칭찬으로 듣지."

연교휘가 감미란을 이끌고 길을 떠난 것은 얼마 후였다. 황학루에 홀로 남은 무영과 소령은 묵묵한 표정을 짓고 있었다.
"시간이 다 된 것 같아."
소령의 말에 무영은 고개를 끄덕이며 주위를 살폈다. 하지만 날이 밝아오도록 일랑 측에서는 아무도 오지 않았다.
소령은 바닥에 털썩 주저앉으며 욕설을 내뱉었다.
"빌어먹을."
결국 약속은 지켜지지 않았다. 그런 모습에 무영은 예상했다는 표정으로 팔짱을 끼었다.
"그들이 본래부터 원하던 것은 이거였어."
"…우리는 놀아난 셈인가?"
소령의 허탈한 중얼거림에 무영은 눈을 감았다. 본래부터 그들이 노린 것은 이것이었다.
무림맹과 사도련을 충돌시킬 계기.
어찌 되었든 무림맹의 안방에서 사파의 인물이 무력 시위를 벌인 셈이 되었으니까.
"세상에 우연이란 없지. 연교휘 일행이 암습당할 이유는 없어. 더욱이 그 시간이 너무 절묘하게 맞아떨어진 것 같지 않아?"
"……."
"연교휘 일행이 무창에 온 것도 걸리고."
결국 나온 결론은 하나였다. 일랑의 계략 위에서 놀아난 꼴이다.
"제길……."

절로 욕설이 튀어나왔다.
　"괜찮니?"
　무영은 쓴미소를 지으며 말문을 열었다.
　"대가가 너무 컸어."
　무영은 살며시 몸을 돌려 황학루를 바라보았다.
　"영아."
　소령의 부름에도 무영은 대답하지 않았다. 그저 묵묵히 한곳만을 응시하고 있을 뿐이었다.
　"슬프니?"
　"…같은 걸 또 묻지 마."
　무영의 짧은 대답. 하지만 많은 의미가 내포된 어조였다.
　"울고 싶니?"
　"무영, 내 이름이 뜻하는 바가 뭔지 알아?"
　무영의 물음에 소령이 답했다.
　"그림자가 없다."
　무영은 고개를 끄덕이며 소령을 바라보았다.
　"그림자가 없는 자는 울지 않는다. 왜 그런지 알아?"
　무영의 물음에 소령은 대답하지 못했다. 무슨 의중인지를 몰랐다. 하지만 무영 역시 대답을 바란 것이 아니었는지 곧바로 말을 이어갔다.
　"그림자가 없다는 이야기는 형체가 존재하지 않는다는 것이니까. 그러니 난 울 수가 없어."

　"콜록콜록!"
　지인은 기침을 하며 하늘을 올려다보았다. 날씨가 으스스한 것이 뼛속까지 시린 것 같다.

하지만 그것도 잠시. 지인은 무현의 처소 앞에 섰다. 그리고 조심스럽게 방문을 두들겼다.

똑똑.

"누구?"

방 안쪽에서 들려온 익숙한 목소리. 지인은 정숙한 어조로 말문을 열었다.

"지인입니다."

"유모?"

"예."

"들어와."

지인이 조심스럽게 방문을 열었다. 방 안에는 무현이 서 있었다.

"필요하신 것이 없는지 해서요."

"괜찮아. 지금은 필요한 것 없어."

"차라도 내어올까요?"

"아니."

무현은 슬며시 고개를 내저었다. 지인은 부드럽게 웃었다.

"혹시 필요하신 것이 있으면 불러주세요."

"그래."

"그럼 전 이만."

지인이 조심스럽게 뒷걸음으로 물러났다. 이윽고 문이 닫히자 미소를 흘리고 있던 무현의 얼굴이 굳어졌다. 걱정스러움이 깃든 표정이다.

그때였다.

"많이 늦었군."

갑작스레 들린 낯익은 목소리. 무현이 돌 씹은 표정으로 고개를 떨궜다.

스윽.

흡사 유령과 같이 일랑이 땅에서 솟아났다.

"못 볼 사람을 본 것 같은 표정이군."

"무슨 소리지?"

무현의 물음에 일랑은 여유로운 미소를 지은 채 방금 전 지인이 나간 방문 쪽으로 시선을 주었다.

"저 여인 말이야. 정말이지, 많이 늙었어. 언제 죽어도 이상하지 않을 만큼."

일랑은 피식 웃었다.

"얼마 못 살 거야. 너희들은 나와는 다르니까. 한정된 삶을 살고 있는……."

"…죽게 내버려 두지 않아."

무현은 서슬 퍼런 눈매로 일랑을 올려다보며 말을 이었다.

"내가 너를 위해 일하는 이유는 그 때문이니까."

"그래, 그랬지."

일랑은 턱을 매만졌다. 그리고 잠시 무현을 주시했다.

"언제까지 이렇듯 소모전을 벌일 이유가 없어. 우리 측에서는 이미 추소명과 소문산이 죽었어. 또한 적 역시 양팔이 잘려 쓸모없어졌지."

"……."

"운비의 무력은 그다지 쓸모없고, 공우나 소요 역시 무영을 막기에는 역부족이야. 네가 데리고 있는 나머지 그 꼬마 녀석도 마찬가지야. 운비보다 약간 나은 수준을 어디에 써먹겠나?"

일랑은 무현의 어깨를 다독였다.

"게다가 이번에 또 하나 늘였다지?"

이번에 맞아들인 여인을 말하는 것이었다. 무현의 표정이 싸늘하게 굳어졌다.

"네가 무슨 상관이야?"

무현은 자신의 어깨에 올려진 일랑의 손을 거칠게 밀쳐 냈다. 그는 피식 웃으며 말했다.

"언제까지 이렇게 당하고만 있을 수는 없다는 이야기야."

"…나보고 나서라 이 말인가?"

고개를 끄덕이는 일랑의 입꼬리가 말려 올라갔다.

"난 적어도 내뱉은 말을 어길 만큼 소인배는 아니야."

"그 말, 똑똑히 들었어."

무현의 말에 일랑은 그의 몸을 아래위로 쭉 훑었다.

"하지만 말이야."

"……?"

"넌 무영을 벨 수 있나?"

"…무슨 뜻이지?"

"말 그대로야."

비아냥거림이 묻어 있는 어조. 무현의 인상이 구겨졌다.

"내가 벨 수 없을 거라 생각해?"

"솔직히 말하자면 좀 의문이지."

"나야말로 묻지. 어째서 그토록 무영에게 집착하는 거지?"

일랑의 표정이 찰나지간 굳어졌다. 하지만 이내 히죽 웃으며 늘어진 자신의 앞머리를 쓸어 넘겼다.

"집착이라……. 그렇게 보일 수도 있지. 아니, 맞는 말이야."

일랑은 무현의 얼굴을 뚫어지게 응시했다.

"몰라도 돼."

일랑은 알 수 없는 말을 남긴 뒤 처음과 같은 방식으로 사라졌다.

방 안에 홀로 남게 된 무현은 방금 전까지 일랑이 서 있던 자리를 응시하며 입을 꼭 다물었다.
　끼이익.
　그때 방문이 열렸다. 무현은 고개를 갸웃거리며 말문을 열었다.
　"유모."
　"아무래도 마음이 걸려서 차를 한 잔 내왔어요."
　지인은 쟁반 위에 올려진 찻잔을 내밀었다. 무현은 빙그레 웃었다.
　"그렇지 않아도 차 생각이 났어."
　"잘되었네요."
　지인은 웃는 낯으로 들어와 탁자 위에 찻잔을 올려놓았다. 무현은 의자를 빼 앉으며 입을 열었다.
　"앉아."
　"예."
　지인은 순순히 무현의 맞은편에 앉았다.
　"안색이 안 좋아 보이시네요."
　"그래?"
　"예, 좀 쉬셔야겠어요."
　"유모 말을 따르게."
　무현의 말에 지인은 사람 좋은 미소를 지었다.
　그녀는 순수하다. 무엇을 바라지 않는 그 웃음이 좋았다.
　"유모……."
　"예?"
　"아니야."
　"싱거우시기는."
　지인은 살포시 웃었다. 하지만 그 모습을 보는 무현의 안색이 다시금 굳어졌다.
 웃을 적마다 깊어지는 그녀의 주름 때문이었다.
 불멸에 가까운 삶. 그뿐이다.
 '제길.'
 너무도 무력감이 들었다.

제37장
만남

만남

무림맹주인 청수 진인은 며칠 전에 벌어진 시내에서의 일을 보고받고 있었다.

"그게 말이 되냐? 아직까지 정체를 못 알아내다니, 일을 어떻게 처리하는 건가?!"

"죄송합니다."

총관은 고개를 들지 못했다. 한동안 청수 진인의 날카로운 책망은 끊어지지 않았다.

"답답하군. 나가보게!"

"조사에 더욱 박차를 가하겠습니다."

총관은 황망히 대전을 나섰다.

"하나같이 마음에 들지를 않으니……."

청수 진인은 고개를 내저으며 한숨을 내쉬었다.

며칠 동안 파악된 것은 거의 없다. 한 가지, 정체불명의 그들 중 한 명의 외모가 특이했다는 것뿐이다.

청수 진인이 답답한 표정을 지어 보였다. 생각이 날 듯하면서도 막힌 듯한 느낌이다.

"백발에 이국적인 외모라……."

나지막이 중얼거리던 청수 진인의 얼굴이 찌푸려졌다.

형산파의 봉문에 이어 무림맹의 안방에서 살육전이 벌어지질 않나. 요즘 들어 왠지 일이 자꾸 꼬여가는 것 같아 마음이 어지러웠다.

그리고 그 시각,

소령은 무영을 바라보고 있었다.

현재 무영은 아직까지 무창을 떠나지 않고 있었다. 그토록 난리를 피워놓았으니 어서 무림맹의 영향권에서 벗어나는 게 급선무다.

"영아."

"응?"

무영은 창가에 걸터앉은 채 대답했다.

"언제 갈 거니?"

"지금은 그냥 내버려 둬주지 않겠어?"

언제나 이런 식이다. 감정에 호소해 오며 더 뭐라 말할 여지를 주지 않는다.

결국 소령만이 마음을 졸이며 한숨을 내쉴 수밖에 없었다.

"그래도 식사는 해야지."

"식사라… 입맛이 없어."

무영은 힘없는 어조로 중얼거렸다. 소령이 가볍게 안색을 굳히며 말했다.

"이리 와."

소령은 다짜고짜 무영의 옷소매를 이끌었다. 무영은 인상을 찡그리며 말했다.

"왜 이래?"

"네 마음은 알겠어. 그렇다고 끼니를 굶어? 그건 아니야."

"어, 어……."

억센 힘에 무영은 억지로 방을 나설 수밖에 없었다. 여느 곳과 마찬가지로 일층에서 식사와 술을 파는 객점은 저녁 시간이 채 되지 않았음에도 많은 사람들이 자리를 꽉 메우고 있었다.

"싫다니까!"

"고집 좀 부리지 말아!"

순간 소령이 빽 소리를 질렀다. 그 때문에 수많은 시선이 집중되었다. 무영은 기겁하며 소령에게 말했다.

"왜 이래?"

"먹을 거야, 말 거야?"

하지만 소령의 목소리는 조금도 작아지지 않았다.

"알았어. 먹을게, 먹으면 되잖아."

"진작에 그럴 것이지."

소령은 득의만면하여 점소이에게 간단한 요깃거리를 시켰다. 이윽고 사람들 역시 무영과 소령에게 집중되어 있던 시선을 거뒀다.

무영은 골치 아픈 표정으로 앞머리를 쓸어 넘기며 투덜거렸다.

"너는 창피한 것도 모르냐?"

"몰라."

소령은 입술을 삐죽이더니 짧게 답했다. 무영의 입가에 희미한 미소가 걸렸다.

사실 소령 역시 마음이 새까맣게 타 들어가는 기분일 것이다. 염무학을 볼 수 있으리란 희망을 가지고 왔건만 뜻을 이루지 못했기 때문이다. 그래도 딴에는 자신을 위해준답시고 내색하지 않으려 하니 고마웠다.

"식사 나왔습니다, 맛있게 드십시오."

잠시 후 주문했던 음식이 나왔다.

"영아, 먹어."

"응, 너도 맛있게 먹어."

무영은 고개를 끄덕이며 음식을 먹기 시작했다. 그러던 와중, 옆에 앉아 있는 두 사람의 대화에 무영의 귀가 솔깃했다. 모두 병장기를 지니고 있는 것을 보아 무인들이었다.

"영아, 이것 맛있다. 먹어봐."

그때 소령이 양고기로 만든 음식을 가리켰다. 무영은 재빨리 입가에 손을 가져다 대며 조용히 하라는 손짓을 보내고 귀를 기울였다.

장비처럼 까칠한 수염을 가진 이가 혀를 끌끌 차며 말문을 열었다.

"쯧쯧… 맹주께서 골치 좀 썩으시겠구먼."

"한 사람의 힘도 아쉬운 판국에…… 휴우."

맞은편에 앉은 깡마른 사내가 한숨을 내쉬었다. 수염사내는 잠시 침음성을 흘리다가 물었다.

"크흠… 근데 형산파는 왜 갑자기 봉문을 선언한 건가?"

순간 무영과 소령의 눈이 동그랗게 떠졌다.

"영아, 들었어? 봉문이래."

"잠깐. 일단 좀 들어보자."

무영은 소령에게 전음으로 말하며 다시금 그들 쪽으로 청각을 집중시켰다.

"나도 우연히 들은 이야긴데……."

"어."

수염사내가 신중한 표정으로 깡마른 사내 쪽으로 귀를 들이밀었다.

"얼마 전 형산파에 난리가 난 모양이더만……."

"난리가?"

"그래. 내 이종사촌이 형산파에 있잖아. 그래서 들은 이야긴데……."

"이야긴데?"

"글쎄, 형산파의 다섯 장로 중 네 명이 죽임을 당했다는 거야. 겨우 살아남은 한 명 역시 화병에 걸려 오늘내일하는 모양이라더군."

수염사내가 경악한 표정으로 황급히 말했다.

"형산파의 다섯 장로라면 엄청난 초고수들이지 않나?"

"문도도 수십 명이 죽어나갔다나 봐. 근데 그것뿐만이 아니야."

"뭐가 또 있나?"

"솔직히 허황된 말이라고 생각하기는 하는데, 흉수가 두 명의 꼬마아이라는 거야."

수염사내는 피식 웃으며 고개를 내저었다. 말이 안 되는 소리다. 어찌 꼬마아이들이 형산파의 다섯 장로를 패퇴시킬 수 있겠는가.

"자네도 농담이 심하군. 그게 가당키나 한 이야긴가?"

"그렇다고 하는데 어쩌누?"

말이 끝나자 수염사내의 안색이 눈에 띄게 굳어졌다. 솔직히 꼬마아이 둘이 어쩌고 하는 것은 믿기 힘들지만 어찌 되었든 간에 현재 형산파가 이번 무림맹의 일에 불참하는 것은 사실이었다.

"다섯 장로 모두가 그리되었으니 그 타격은 엄청나겠군. 이번에 빠지는 것도 이해가 가네."

깡마른 사내는 고개를 끄덕였다.

"그렇지. 수뇌부가 통째로 도려져 나간 상황이니까. 쯧쯧… 형산파도

참 안됐어. 이번 일의 타격을 복구하는 데만 족히 수십 년은 걸릴 테니 바깥일에 신경 쓸 여력이 없을 거야."

그 후로 두 사내는 음식을 다 먹고는 자리를 떴다.

소령은 객점을 나서는 둘을 바라보다가 무영에게 시선을 돌리며 입을 열었다.

"봉문이라……."

문득 고개를 끄덕이던 무영이 탄성을 터뜨리더니 턱을 매만지며 무언가 골똘히 생각했다. 소령은 고개를 갸우뚱거렸다. 하지만 섣불리 말을 건네지 않고 바라보기만 했다.

잠시 후, 무영이 소령과 눈을 맞췄다.

"내가 너무 복잡하게 생각한 것인지도 몰라."

"복잡하다니?"

"현재 일랑이 바라고 있는 것은 정사대전이야. 그렇지?"

소령은 당연하다는 표정으로 고개를 끄덕였다.

"그리고 형산파는 봉문을 선언했지, 우리로 인해."

"…무슨 상관이 있나?"

소령의 물음에 무영은 눈살을 찌푸렸다. 무영은 앞에 놓인 물잔을 들어 단번에 들이킨 후 몸을 일으켰다.

"영아, 벌써 다 먹었어?"

"응……."

무영은 고개를 끄덕였다.

"일랑이 노리는 것은 무림 전체."

무영은 빙그레 웃었다.

"그래, 너무 복잡하게 생각했어."

자그맣게 중얼거리는 무영의 표정이 서늘하게 변해 있었다.

"그렇다면 난 무림 전체와 맞서면 되는 거야."
소령은 의아한 표정으로 무영을 바라보고 있었다.
"난 무슨 뜻인지 도통……."
"무림맹과 사도련 전체를 상대하자는 이야기가 아니야."
무영은 손가락으로 자신의 이마를 툭툭 치며 말을 이었다.
"그 수가 아무리 많고 훈련이 잘된 군대라 한들 지휘자가 없으면 오합지졸이 되어버리지. 그것은 무림맹이나 사도련 모두 마찬가지잖아?"

찌르르!
새의 울음소리가 밤의 적막을 깼다. 동그란 보름달 빛을 받으며 걷고 있는 한 사람.
무영은 가만히 걸음을 멈추고 고개를 들었다. 저 멀리 무림맹이 보였다. 정파 무림의 총본산.
피식.
무영의 입가에 미소가 머금어졌다.
"또 오게 될 줄은 몰랐는데……."
무영은 자조적인 목소리로 중얼거리며 잠시 멈췄던 걸음을 옮기다 몸을 날렸다.
지붕 위에 소리없이 안착한 무영이 주위를 살폈다.
과연 무림맹답게 많은 무사들이 물샐 틈 없이 경계 근무를 서고 있었다. 하지만 무영에게는 소용없었다.
사백 년 전 천하제일무가였던 천왕문에도 숨어든 무영이다. 이따위 것에 긴장할 리가 없었다.
기척을 죽이고 은밀하게 지붕을 넘으며 중앙에 위치한 무림맹주의 처소로 접근해 갔다.

'음… 저기군.'

무림맹주의 처소는 과연 으리으리했다. 정파 무림의 위신을 뽐내기 위한 상징이기에 더욱 그럴 것이다.

무영은 맹주의 지붕 위에 앉아 몸을 숙이고 주위를 살폈다. 건물 주위는 수많은 호위무사들로 둘러싸여 있었다.

무영은 침음성을 삼키며 스며들 듯 바닥으로 내려왔다. 그리고 한 사람씩 수혈을 짚기 시작했다.

무영이 처소 안으로 침입할 때까지도 청수 진인은 세상 모르고 잠들어 있었다.

그는 자신을 죽일 자가 머리맡까지 다가와 있음을 모르고 있었다. 알 수 있을 리가 없다. 아무리 절대강자에 이른 초고수라 할지라도 무영을 뛰어넘을 수는 없다.

그것이 그의 한계.

'별 원한은 없다만…….'

무영은 차가운 표정을 지으며 손을 들었다.

작고 가는 손끝이 매섭게 청수 진인의 이마 쪽으로 향했다. 단번에 내기를 주입시켜 뇌를 파괴시킨다.

고통은 없을 것이다. 깨어날 수도 없다. 그것으로 끝. 모든 상황이 종료된다.

"잘 가라."

무영은 속삭이듯 자그맣게 중얼거리며 손바닥을 청수 진인의 이마 위로 얹었다.

"그러면 안 돼지."

그때 방의 한 켠에서 들려온 목소리가 있었다.

순간 무영의 눈이 치켜떠졌다.
'기척이 없었다.'
방 안에 청수 진인 이외에 또 다른 누군가가 있음을 알지 못했다. 순간 목 뒷줄기가 서늘해졌다.
"좋은 생각이었다만 이걸 어쩌나?"
이윽고 든 생각은 낯익은 목소리의 주인공이라는 것이다. 가녀린 어린아이의 목소리.
고심은 짧았다.
순간적으로 깨달을 수 있었다. 지척까지 다가오도록 깨닫지 못했을 정도의 초고수. 또한 사내아이의 목소리를 가진 이라면…….
한 명밖에 생각나지 않는다.
무영은 딱딱하게 굳어진 표정으로 몸을 돌렸다. 방구석 한 치의 빛도 들지 않는 곳에서 발걸음 소리가 들려왔다. 이윽고 창밖으로 새어 들어오는 달빛에 녀석의 얼굴이 비춰졌다. 그리고 무영의 표정이 멍해졌다.
"현아……."
무현은 무영을 바라보며 차가운 미소로 인사를 대신했다.
짝짝짝.
무영과의 거리를 좁히던 무현이 박수를 쳤다.
흠칫.
무영의 어깨가 한차례 들썩였다. 무현은 빙그레 웃었다.
"역시 무영, 머리가 좋아."
무영은 얼굴을 일그러뜨렸다. 무현은 비틀린 미소를 머금고 말했다.
"그렇지. 복잡하게 생각할 필요가 뭐 있나? 대가리를 쳐내면 그만인 것을."

"…일랑이 보냈나?'

순간적으로 무현의 눈썹이 부르르 떨렸다. 하지만 무영은 미세한 변화를 눈치챘다.

역시 일랑을 싫어하고 있음이 분명했다.

"현아, 형이랑 같이 돌아가자."

"형이란 소리 하지 마."

무현의 어조는 날카로웠다. 무영의 가슴 한편이 저릿하게 아려올 만큼.

"현아……."

"입 닥쳐!"

"……."

무영의 입이 다물어졌다. 뭐라고 말을 해야 하는데 되질 않았다. 이 절실한 마음을 전하고 싶은데 무현은 커다란, 감히 올려다볼 엄두도 나지 않을 만큼 높고 단단한 벽을 세워두고 있었다.

그렇다고 포기할 수는 없다.

"현아, 형 말 들어. 돌아가자."

"끈질기구먼."

"으음……."

그때였다. 잠들었던 청수 진인이 몸을 뒤척였다. 순간 무영의 몸이 움직였다. 지금 상태에서 자신의 정체를 들킬 수는 없다고 생각했기 때문이다.

"그럴 수는 없지."

어느새 청수 진인의 앞을 막아선 무현이 무영을 노려보고 있었다. 마음이 다급해졌다.

"현아."

"그 입 닥치라고 했지?"

순간 무현의 신형이 흐릿해졌다.

퍽!

짧지만 강렬한 타격음과 함께 무영의 턱이 뒤로 젖혀졌다.

무영은 뒤로 주춤 물러서며 어안이 벙벙한 표정으로 무현을 바라보았다.

주르륵.

코피가 흘러나와 윗입술을 적시고 있었다.

"혀, 현아……?"

무영은 황망한 어조로 중얼거렸다. 코피를 닦을 생각조차 나지 않았다. 모든 것이 혼란스러웠다.

현실이 아닐 것이다. 어려서부터 유독 친근하게 굴었던 동생이다. 그런데 어떻게…….

"음… 무슨 소리……?"

긴장감이 극에 이르렀을 때, 청수 진인이 잠이 덜 깬 목소리로 중얼거리며 눈을 떴다. 순간 그의 동공에 비친 것은 대치하고 있는 두 사람이었다.

"누구냐!"

청수 진인은 침상에서 튕기듯 몸을 일으키며 머리맡에 놓아두었던 검을 빼 들었다.

신속하기 그지없는 대응.

그리고 눈 한 번 깜박일 순간에 방 안의 상황이 범상치 않음을 깨달았다.

'고, 고수……!'

온몸이 반사적으로 팽팽하게 당겨졌다.

'이를 어찌해야 하나?'

어떻게든 이 상황을 벗어나야 한다.

'알려야 한다.'

생각과 행동은 동시에 이루어졌다.

"밖에 누구 없느냐?!"

"있지만 모두 무용지물이오."

무현은 차가운 표정으로 청수 진인을 바라보며 말했다.

"저자가 모두 올 수 없게 만들었으니까."

무현은 무영을 가리켰다. 그에 따라 청수 진인의 고개도 자연스럽게 그쪽으로 돌아갔다.

"그대들은 누구지?"

청수 진인의 어조는 조심스러웠지만 위압감을 머금고 있었다. 그것은 거대 단체를 이끌고 있는 자존심일 것이다.

무현은 비릿한 미소를 지으며 말문을 열었다.

"저자는 그대를 죽이러 온 자요."

순간 무영의 눈이 동그랗게 떠졌다. 무현은 차가운 미소를 흘리며 말을 이었다.

"난 운비가 보냈소. 그대의 안위가 걱정된다며 부탁해 오더군."

"운비님이?'

무현은 고개를 끄덕이며 무영에게 시선을 전환했다.

"간다."

"무현!"

순간 무영이 크게 외쳤다. 하지만 어느새 무현의 공격이 무영의 복부에 꽂히고 있었다.

"크억……!"

순간적으로 숨이 턱 막혔다.

커다란 충격과 함께 무영의 몸이 벽에 처박혔다.

정신을 차리려는 찰나, 어느새 무현이 다가와 벽에 부딪쳐 있는 무영의 복부에 무릎을 찍어 넣었다.

콰드득!

충격으로 벽이 움푹 패이며 갈라졌다. 무영의 입이 쩍 벌어졌다. 비명조차 나오지 않았다.

털썩.

바닥으로 떨어진 무영이 한 손으로 땅을 짚었다. 다른 손으로는 복부를 부여잡았다.

벌어진 입에서 쉴 새 없이 침이 흘러나왔다.

"쿨럭! 쿨럭!"

쯔걱!

무영의 턱에 무현의 발등이 얹어졌다.

쿠당탕!

그 자리에서 한 바퀴를 돈 무영이 바닥에 엎어졌다.

"이것밖에 되지 않나?"

무현은 경멸스러운 눈빛으로 무영을 내려다보며 중얼거렸다.

"일어서라! 그리고 나를 공격해라!"

무영은 주춤거리며 몸을 일으켰다. 멍한 표정.

아직까지 상황을 확실히 인식하고 있지 못했다. 무현은 입술을 꽉 깨물었다.

'이토록 나약한……'

무현의 노기가 터지며 생각이 입 밖으로 터져 나왔다.

"네놈이 무영이라고?!"

펄럭!

무현이 소매를 휘둘렀다. 그와 함께 무영의 검과 똑같은 검이 튀어나왔다.

철컥! 휘잉!

검이 튕겨 나옴과 동시에 팔이 수평으로 휘둘러졌다.

끼이잉……!

검이 격하게 떨리며 혈광이 뿜어져 나와 무영을 향해 쏘아져 나갔다. 그때까지도 무영의 손은 밑으로 축 처져 있었다.

"…현아."

낮게 중얼거리던 무영의 고개가 들려졌다. 짙은 눈썹이 위로 치켜 올라가 있었다.

드드득!

무영은 순간적으로 내기를 끌어올리며 외쳤다.

"갈!"

무영의 외침이 터짐과 동시에 청수 진인은 순간적으로 방 안의 공간이 왜곡됨을 느꼈다.

콰콰쾅 하는 소리와 함께 문짝과 창문이 일순간에 쪼개져 폭사되었다. 무영을 향해 쏘아져 오던 혈광은 순간적으로 균열이 일으키며 터졌다.

휘오오!

매캐한 먼지의 중앙에 무영이 서 있었다.

무영은 무현을 가만히 응시하며 말문을 열었다.

"돌아가자."

"싫다면?"

무영이 처연한 표정으로 물었다.

"겨우 이러기 위해서 나를 떠나간 거니? 일랑의 개가 되려고?"

"네놈이 그렇게 만든 거야."

무영의 표정이 차가워졌다.

"지인을 살린 것도 그 이유인가?"

무현의 표정이 한순간 굳어졌다. 하지만 이윽고 미소로 전환하며 고개를 끄덕였다.

"그래."

무현의 말에 무영이 주먹을 말아 쥐었다.

"돌아가자."

"자꾸 했던 말 또 하게 하지 마."

무영의 표정이 차가워졌다. 이대로의 언쟁은 무의미하다.

"힘으로라도 데려가야겠어."

무현은 비릿한 미소를 지었다.

"과연?"

창가를 뚫고 들어온 달빛이 둘의 정 중앙을 가르고 있었다. 이윽고 구름에 빛이 완전히 가려진 것은 신호였다.

무영과 무현이 몸이 맞부딪쳤다.

파파팡!

일순간에 수십 번의 공격이 오고 갔다. 주먹과 발이 허공을 가를 적마다 공기가 터졌다.

무영의 주먹이 뻗어졌다. 순간 무현의 신형이 흐릿해지며 옆으로 이동했다.

쾅!

무영의 주먹이 벽을 뚫고 팔뚝까지 박혔다.

"휘유! 말뿐만이 아니군."

"물론."

무현의 비아냥거림에 무영은 짧게 답하며 발을 옆으로 쭉 뻗었다. 순간 무현이 한 팔을 들어 공격해 들어오는 발을 밀어내었다. 그리고 자유로운 다른 손에 내기를 실어 무영의 등을 후려쳤다.

"끄윽!"

무영은 짧은 신음성을 토해내며 몸을 틀었다. 그리고 양손을 뻗어 무현의 팔을 부여잡고 꺾었다.

뚜둑!

뼈가 부러지는 섬뜩한 소리와 함께 무현의 표정이 일순간 와락 일그러졌다. 하지만 비명을 토해내지는 않았다.

무영은 순간적으로 흠칫했다. 너무 격하게 꺾은 것이 아닌가 하는 염려가 든 탓이다. 하지만 말 그대로 순간적일 따름이었다.

지금의 상황에 충실할 수밖에 없다. 그것이 최선이다. 다시금 일랑에게 보낼 수는 없다.

무영에게 팔을 붙잡힌 무현은 이를 꽉 물며 땅을 박차고 그 자리에서 한 바퀴 돌았다.

콰드득!

섬뜩한 소리와 함께 팔뚝이 완전히 돌며 극렬한 통증이 몸 전체를 휘감았다. 하지만 지체하지 않았다.

너무도 파격적인 대응.

자칫 잘못했다간 팔뚝이 통째로 뽑혀 나갈 수도 있었다.

"억!"

무영은 다시금 놀라며 헛바람을 삼켰다. 손아귀에 힘이 빠졌다. 무현은 그 순간을 놓치지 않고 팔을 빼냈다.

타다닥!

무현은 뒤로 세 걸음을 물러서며 덜렁거리던 팔뚝을 부여잡은 채 무영을 바라보았다.

둘 사이에 무거운 적막감이 감돌았다.

무영의 인상이 구겨졌다.

이렇게까지 거부하는가.

"어째서냐!"

절규 어린 무영의 외침에 무현은 미소를 머금었다. 하지만 격통으로 인해 이마에는 식은땀이 송골송골 맺혀 있었다.

"사람들이 쓰러져 있다!"

그 직후 처소 바깥이 소란스러워졌다. 수많은 인기척에 무영의 눈동자가 흔들렸다.

그토록 소란을 피웠으니 눈치채고 몰려왔음이 분명하다. 더욱이 수혈을 짚인 채 속박당해 있는 이들까지 보았으니 그 놀람은 더하리라.

무영은 침음성을 삼키며 청수 진인에게 시선을 고정시켰다.

'이렇게 된 바에야… 저자라도 처리한다.'

무영은 순간적으로 청수 진인의 미간 한가운데를 향해 손가락을 퉁겼다.

'아차!'

초고수들의 대결에 넋을 잃고 있던 청수 진인의 눈이 한순간 커졌다. 하지만 그가 죽게 내버려 둘 무현이 아니었다. 단번에 앞을 막아서며 검을 수직으로 내리그었다.

따당!

묵직한 검 울림 소리와 함께 회심의 탄지공이 소멸되었다.

그 순간 상황을 주시하고 있던 청수 진인이 때를 놓치지 않고 있는 힘껏 소리를 질렀다.

"살수다!"

"치잇."

무영은 신음성을 토해냈다.

아무리 생각해 보아도 이 이상은 무리다. 무영은 이를 으드득 갈며 무현을 바라보았다.

"빨리 안 가면 곤란해질 거야."

무현의 비아냥거림에 판에 박힌 말밖에 할 수 없었다.

"다시 보자."

무현은 희미한 미소를 지었다.

"기대하지."

무영은 지체없이 창밖을 향해 몸을 날렸다.

무현은 멀어져 가는 무영의 뒷모습을 바라보다가 청수 진인을 바라보며 미소를 지었다.

"한순간의 방심은 죽음으로 이어지는 법."

청수 진인의 얼굴이 붉게 달아올랐다. 무현의 입가에 가는 미소가 지어졌다.

"그건 그렇고, 사파의 살수가 제집 드나들 듯하다니… 방비에 힘을 쓰셔야겠소. 그럼 난 이만."

"사, 사파?"

사파란 말이 청수 진인의 뇌리에 깊게 박혔다. 그렇다면 설마……

"사, 사도련이?"

무현은 고개를 끄덕였다. 그와 동시에 청수 진인의 얼굴이 일그러지기 시작했다.

"이… 비겁한……!"

"운비는 당신의 안위를 염려하고 있소. 나라고 항시 그대를 보호해 줄 수는 없는 법. 부디 보중하시오."

말이 끝남과 동시에 무현의 신형이 방 안에서 홀연히 사라졌다.

"자, 잠시만!"

청수 진인이 화들짝 놀라 무현을 잡으려 했지만 허사였다. 홀로 남아 방 안에 멍하니 서 있을 무렵 문이 활짝 열리며 맹주 직속의 호위무사들이 득달같이 달려왔다.

그들은 엉망으로 부서져 있는 방 안의 전경을 바라보며 화들짝 놀라 청수 진인의 상태를 살폈다.

"이, 이게 도대체……?"

뒤따라 들어온 총관이 당황한 표정으로 입을 열었다. 순간 청수 진인의 노기가 폭발했다.

"방비를 어찌했기에 사도련의 살수가 침입할 수 있느냐!"

단번에 무림맹을 벗어난 무영은 극성으로 경공을 펼치고 있었다.

'제길.'

지금의 상황을 이해할 수 없었다. 하지만 한 가지는 안다. 더 이상 이곳에 머물 수 없다는 것이다.

소령은 방으로 들어온 무영을 바라보며 눈을 동그랗게 떴다. 옷 이곳저곳에 흙먼지가 안 묻어 있는 곳이 없었다. 더욱이 콧가에는 혈흔까지 묻어 있었다.

"영아!"

소령이 놀라 묻자 무영은 피곤한 표정으로 침상에 털썩 주저앉았다. 하지만 이내 고개를 내저으며 미리 꾸려 든 혁낭을 짊어 들었다.

"이곳에서 벗어나야 해."

"벗어나다니? 일이 잘 안 된 거야?"

무영은 고개를 끄덕이며 괴로운 표정을 지었다.

"일단 따라와."

무영은 말이 끝남과 동시에 몸을 날렸다. 소령은 의아한 표정이었지만 지체없이 뒤를 따랐다.

객점을 나와 무창을 나서기까지 걸린 시간은 짧았다. 하지만 그 후로도 한참을 내달려서야 무영의 걸음이 멈춰졌다.

"휴우!"

무영은 긴 한숨을 내쉬며 혁낭을 아무렇게나 땅바닥에 내던지고는 주저앉았다.

그 모습을 바라보던 소령이 조심스럽게 무영의 옆으로 다가와 말했다.

"영아, 무슨 일이야?"

"……."

"답답해."

소령의 다그침에 무영은 두 손으로 머리를 감싸쥐었다.

"현아를 만났어."

"현이를?"

그제야 이해가 갔다. 일랑의 편으로 돌아선 무현을 믿을 수 없어했다. 소령은 무영의 상태를 살피다가 물었다.

"그렇다면… 이 상처는?"

"현아와 부딪쳤어."

"어떻게 그럴 수가……?"

"나 역시 현아의 팔을 부러뜨렸어."

무영은 넋이 나간 표정으로 중얼거렸다.

"어떻게 형제가 이럴 수 있지?"

지금 와서 생각해 보니 정신이 나간 것 같다. 그렇지 않고서야 이럴 수는 없다.

동생의 팔을 부러뜨릴 무렵, 단 한 줌의 망설임도 없었다.

무현 역시 마찬가지였다. 서슴없이 살수를 퍼부었다.
'도대체 어떻게 되어가고 있는 거야?'
가슴이 아려왔다.

     *   *   *

"어서 오너라."
명교 태상교주 도제 연오랑은 몇 년 만에 돌아온 연교휘를 바라보며 환한 미소를 지었다.
"그간 안녕하셨습니까?"
연교휘는 공손히 예를 표하며 인사를 올렸다. 하지만 어딘가 모르게 둘 사이에 감도는 어색함은 감출 수가 없었다. 연오랑은 쓴미소를 지었다. 하지만 그것도 잠시, 이내 친근한 모습으로 돌아와 연신 고개를 끄덕이며 말했다.
"그래, 얼굴이나 한번 보자."
연오랑의 말에 연교휘가 고개를 들어 시선을 맞췄다.
"건강해 보이니 다행이구나."
"할아버님 역시 정정해 보이십니다."
손자의 얼굴을 보고서야 안도하는 모습이 여느 집 할아버지와 다름없었다.
"이럴 것이 아니라 식사나 하자꾸나."
"예, 할아버님."
연교휘는 고개를 끄덕였다.

상다리가 휘어지도록 휘황찬란하게 차려져 있는 산해진미를 조금씩 맛보던 연오랑의 얼굴에 한가닥 근심이 깃들었다.
"아직도 날 용서하지 못하겠느냐?"
막 음식에 젓가락을 가져가던 연교휘의 손이 멈춰졌다. 입가로 씁쓸한 미소가 머금어졌다.
"지금 와서 말해봤자지만 나 역시 후회하고 있다."
연교휘의 고개가 떨궈졌다.
'그렇다고 한들 돌아가신 어머니가 돌아오겠습니까?'
원망이 입 안에서 맴돌았다.
눈앞에 있는 노인은 자신의 할아버지이기도 하지만 동시에 어머니를 죽인 존재이기도 했다.
연교휘는 문득 손을 들어 자신의 한쪽 눈을 매만졌다. 하늘색 눈동자 쪽이었다.
이 외모만이 어머니가 남겨주신 유일한 것이었다.
처음에는 연오랑이 너무도 미웠다. 그것은 지금 역시 어느 정도 남아 있다. 그래서인지 얼굴을 마주 보는 것이 어색했다.
어찌 대해야 할지 감이 잡히질 않았기 때문이다.
그것은 연오랑 역시 마찬가지였는지 짐짓 화제를 돌렸다.
"혈랑대주의 일은 들었다."
"그렇습니까?"
"또한 무창에서 일을 벌인 사실 또한 알고 있다."
"……."
걱정스러우면서도 의아한 표정이 섞인 노안이 연교휘를 가만히 응시하고 있었다.
"무슨 일이더냐?"
연교휘는 잠시 고심하다가 말문을 열었다. 그리고 자신이 알고 있는 바를 이야기했다.

　이야기가 진행되어 감에 따라 연오랑의 표정이 눈에 띄게 굳어졌다.

　"그것이 사실이더냐?"

　"예."

　"흐음……."

　연오랑은 침음성을 삼켰다. 지금의 이야기가 사실이라면 상황은 심각하기 그지없다.

　"곧 큰일이 일어나겠구나."

　십중팔구는 정사대전이 일어날 것이다. 그렇게 된다면 수많은 사람들이 죽게 된다.

　결국에는 양패구상이 될 것이다.

　"너는 어떻게 생각하느냐?"

　"제 생각을 물으시는 겁니까?"

　연오랑은 고개를 끄덕였다.

　연교휘는 잠시 턱을 매만지며 고심하다가 말문을 열었다.

　"저는 막아야 한다고 생각합니다."

　"막아야 한다……."

　"어떻게 되든 저희에게 역시 피해가 오는 것은 당연한 수순이 아닙니까?"

　그 점에 있어서는 연오랑 역시 수긍했다.

　"그건 그렇고, 쉽사리 믿기 어렵군. 실제로 불로불사에 이른 자들이 존재하고 있다니……. 나는 전혀 몰랐다."

　"세상에는 아직 저희들이 모르는 것이 너무도 많습니다. 이번만큼 뼈저리게 느낀 적이 없는 것 같습니다."

　"그래, 나 역시 아직 우물 안의 개구리나 마찬가지였구나."

연오랑은 가볍게 한숨을 내쉬며 고개를 내저었다. 그리고 연교휘와 시선을 맞추며 물었다.

"그들이 그토록 강하더냐?"

"예, 지금도 생각하면 등줄기가 오싹할 정도입니다. 특히 만난 적이 없는 일랑이라는 자는 정말이지, 가공할 정도랍니다."

"일랑이라……."

진시황제 때부터 살아온 존재. 천칠백 년에 가까운 세월을 살아온 괴물이라 들었다.

손자에게 들은 이야기는 하나같이 너무도 엄청나 쉽사리 믿어지지 않았다.

하지만 왠지 모르게 호기심이 동했다.

"검제보다 강한 무인이라……."

일생일대의 대적, 남궁세가의 검제.

한 번도 제대로 승부를 내본 적이 없다. 그런데 그를 뛰어넘는 존재라니…….

연오랑의 근육이 팽팽하게 당겨졌다. 듣는 것만으로도 이 정도다.

한번 보고 싶었다.

그간 얼마만큼 진전을 이뤘는지 사상 최강의 적 앞에서 뽐내보고 싶었다. 그것이 무인이 살아가는 이유이니까.

그 시각 청수 진인은 임시로 마련된 거처에 앉아 있었다.

청수 진인의 얼굴은 피곤에 찌들어 있었다. 당연히 그럴 수밖에 없었다.

"피곤하십니까?"

갑작스레 허공에서 들린 낯익은 목소리에 청수 진인의 얼굴에 한 가닥 반가운 기색이 떠올랐다.

이미 그가 누군지 알고 있다. 이런 식으로 나타나는 이는 한 사람밖에 없다.

"운비님."

청수 진인의 말이 끝나기가 무섭게 운비가 모습을 드러냈다.

"이야기는 들었습니다. 살수가 잠입했다고요?"

청수 진인은 고개를 끄덕였다. 그리고 포권지례를 취했다.

"운비님이 보내신 분으로 인해 다행히 무사할 수 있었습니다."

"혹시나 했는데 역시였군요."

운비는 짐짓 쓰게 웃었다.

"하지만 이로써 대의가 생겼군요."

청수 진인의 입가에 슬그머니 미소가 지어졌다. 이번 살수 건을 그냥 넘어갈 수 있는 성질의 것이 아니었다.

그간 서로 간에 눈치만 보고 있던 참이다. 자신이 목숨을 잃을 뻔한 것은 화가 났지만 이번 일은 빼도 박도 못할 정도로 확실한 건수였다.

제38장
시작

시작

안휘성 합비.

무영과 소령은 초췌한 얼굴로 거리에 서 있었다. 무창에서 이곳까지 쉬지 않고 달려왔기 때문이다.

"이제는 이 수밖에 없어."

무영은 가볍게 한숨을 내쉬었다. 무창에서의 일 이후에 생각나는 이는 남궁민밖에 없었다.

어떻게든 이번 일을 막아야만 했다. 그리고 그 정도의 힘을 가진 자 또한 무영이 아는 이는 남궁민이 유일했다.

"영아."

"응?"

"괜찮을까?"

"이제는 어쩔 수 없잖아?"

무영의 말에 소령은 침울한 얼굴로 고개를 끄덕일 때였다.

"어이, 너희 설마?"

"네?"

갑작스레 들려온 소리에 소령이 고개를 돌렸다. 그리고 시야에 들어온 것은 낯익은 얼굴이었다.

"어?"

소령은 의아한 표정을 지었다. 그는 바로 광주까지 가던 길에 만난 남궁창이었기 때문이다.

"어라? 어라라?"

"혹시나 했는데 너희들이 맞구나."

남궁창이 반가운 표정으로 다가왔다. 소령은 당황한 표정으로 무영을 바라보며 전음성을 보냈다.

"어쩌지?"

무영은 가볍게 한숨을 내쉬었다.

"어쩌겠니."

소령은 짐짓 한숨을 내쉬고는 남궁창에게 달려가더니 폴짝 안겼다.

"오랜만이에요."

"그래그래."

남궁창은 소령의 머리를 쓰다듬어 주다가 무영을 내려다보며 물었다.

"여기까지 어쩐 일이니?"

"아, 그냥 지나가는 길이었어요."

"허! 이 녀석 봐라? 내가 한번 들르라고 했어, 안 했어?"

무영의 말에 남궁창의 책망이 이어졌다. 하지만 눈치 빠른 소령이 말을 돌렸다.

"그렇지 않아도 들를까 했어요."

"그래? 정말이지?"

"정말이라니까요."

"흐음, 그럼 믿어주지. 이럴 것이 아니라 가자. 식사라도 대접하마."

"정말요?"

"당연하지. 난 헛말하는 사람이 아니야."

남궁창은 소령을 안은 채 남궁세가 쪽을 향해 걸어가기 시작했다.

무영은 그런 뒷모습을 바라보며 고개를 설레설레 저었다. 하지만 어쩌겠는가. 뒤따를 수밖에.

"어머, 어머! 령아!"

모용소는 소령을 보자마자 과장스럽게 팔을 활짝 펼치며 품에 안았다.

"언니도 잘 지냈어요?"

"응. 어디 보자, 얼굴이… 많이 상했네?"

초췌해진 소령의 얼굴을 보자 모용소의 안색이 침울해졌다. 하지만 그것도 잠시, 그간의 안부를 주고받으며 수다를 떨기 시작했다.

남궁창은 그런 모용소를 바라보며 피식 미소를 지었다. 그리고 옆에 앉아 있는 무영에게 시선을 주며 물었다.

"그동안 어떻게 지냈니?"

"그냥 여기저기 여행이나 했지요."

"그렇군. 그나저나 배고프지?"

그때 모용소의 얼굴에 당혹스러운 빛의 떠올랐다. 그것은 남궁창 역시 마찬가지였다.

"아차."

"왜요?"

소령의 물음에 남궁창은 잠시 고심하더니 이내 어깨를 축 늘어뜨렸다.

"뭐, 상관없겠지."

남궁창은 피식 웃었다. 잠시 후 식사시간을 알리러 시비가 왔고, 네 사람은 약속된 장소로 이동했다.

식사를 하기로 한 장소에는 음식 쟁반을 든 시비들이 분주하게 드나들고 있었다.

"다른 분들에게는?"

남궁창의 물음에 시비장이 공손하게 허리를 숙이며 말했다.

"모두 연락을 드렸습니다. 곧 오실 겁니다."

"그래."

그때 소령이 고개를 갸웃거리며 물었다.

"또 다른 분들이 계세요?"

"응, 다들 곧 오실 거다."

남궁창의 말이 끝날 무렵이었다. 문이 열리더니 중년 부부 내외가 안으로 들어섰다.

음식을 나르던 모두가 걸음을 멈추고 예를 표했다.

"가주님을 뵙습니다."

남궁세가의 가주인 남궁문이었다.

남궁문은 여유로운 미소를 지은 채 시비들의 인사를 받다가 남궁창과 모용소를 발견하고는 입을 열었다.

"먼저들 와 있었느냐?"

"예, 아버님."

남궁창과 모용소는 예를 취했다. 그때 남궁문의 옆에 서 있던 부인 교옥상이 두 사람의 옆에 서 있는 무영과 소령을 발견했다.

"저 두 아이는?"

"아, 소개해 드리지요. 예전 광주에 갈 무렵 잠시 인연을 맺었던 아이

들입니다. 한번 말씀드렸지요?"

"아아, 기억나는구나. 분명 무영과 소령이라 했지?"

"예. 우리 어머님이시다. 인사드려."

남궁창의 말에 무영과 소령은 공손히 인사를 올렸다.

"안녕하세요. 소령이라고 합니다."

"무영입니다."

교옥상의 얼굴에 화색이 돌았다. 정말이지, 너무도 어여쁜 아이들이 아닌가.

남궁문 역시 두 아이에게 잠시 시선을 주며 미소 짓다가 주위를 살폈다.

"아버님은 아직 도착하지 않으셨나 보군."

"곧 오시겠지요."

남궁창이 말했다. 그리고 얼마 지나지 않아 남궁민이 도착했다.

"먼저들 와 있었……."

문득 남궁민의 말문이 막혔다. 남궁창의 옆에 서 있는 무영의 존재를 발견한 탓이다.

"모른 척해."

무영은 재빨리 전음성을 보냈다. 남궁민은 의아한 눈빛으로 답했다.

"여긴 어쩐 일인가?"

"밤에 그쪽으로 넘어가지. 일단은 모른 척하게."

"아, 알겠네. 그렇게 하도록 하지."

남궁민은 고개를 끄덕였다. 그때 남궁창이 이상했는지 물어왔다.

"무슨 일 있으십니까?"

"아무 일도 아니네. 식사들 하십시다."

남궁민은 의자에 앉았다.

밤이 어두워졌다. 의자에 앉아 있던 무영은 빈 침상을 바라보았다.

평소 같으면 같은 방에서 잤을 테지만 오늘은 소령을 모용소가 자신의 침소로 끌고 간 탓이다.

'왠지 허전하군.'

저도 모르게 생각하던 무영은 화들짝 놀라며 고개를 내저었다. 그리고 재빨리 창문을 통해 몸을 날렸다. 지붕 위를 뛰어오르자 저 멀리 익숙한 건물이 보였다.

바로 남궁민의 처소였다. 무영은 쓴미소를 지었다.

솔직히 모든 사실을 이야기해야 한다는 사실이 조금 버거웠다. 믿지 않을 수도 있으리라.

'그건 그때 가서 생각하도록 하고.'

무영은 입술을 살짝 깨물며 그쪽을 향해 몸을 날렸다.

남궁민이 머무는 건물에는 호위무사가 없었다. 워낙에 번잡스러운 것을 싫어하는 그의 성격 탓도 있겠지만 무영이 조금이라도 편하게 오고 갈 수 있도록 배려한 것이리라.

무영이 바닥으로 내려서자 미리 대기하고 있던 시비가 인사를 올렸다. 남궁민의 직속 시비. 무영을 알고 있는 이였다.

"기다리고 계십니다."

"그동안 잘 지냈느냐?"

"예."

"그래."

무영은 피식 웃으며 방으로 들어갔다. 처소 안에는 이미 한 상 가득 술상이 차려져 있었다.

남궁민은 무영을 보며 미소를 지었다.

"기다리고 있었다네."

"아아."

무영은 고개를 끄덕였다. 그리고 의자에 앉았다. 남궁민은 짐짓 짓궂은 표정으로 책망했다.

"깜짝 놀랐네."

"그랬겠지."

무영은 희미하게 웃었다. 남궁민은 무영의 맞은편에 앉자마자 술병을 들어 보였다.

"여유있게 준비했네."

"고마운 말이군."

무영은 술잔을 들었다.

그렇게 몇 번의 술잔이 오고 갔을 무렵이었다. 남궁민이 말문을 열었다.

"그래, 무슨 일인가? 자네가 아무 이유도 없이 이곳에 올 리는 없고."

무영이 놀랍다는 표정을 지었다. 이미 그는 무영의 표정을 읽고 있었다.

"눈치 한번 빠르군."

"늙으니까 눈치만 빨라지더군."

남궁민은 다시금 짓궂음이 묻어 나오는 어조로 답했다. 무영은 취기로 인해 살짝 붉어진 볼을 매만지며 입을 열었다.

"할 이야기가 있어."

"그렇게 분위기를 잡으니 왠지 무서워지는걸?"

"농담이 아니야."

무영의 표정이 자못 심각해졌다. 남궁민 역시 얼굴이 딱딱하게 굳어졌다.

"어디서부터 이야기를 해야 하나······."
무영의 이야기가 조심스럽게 시작되었다.
일랑에 관해서도, 또한 사도련뿐만이 아니라 무림맹 역시 그들의 조종을 받고 있다는 사실에 관해 말했다. 그에 따라 처음 웃음기를 머금었던 남궁민의 표정이 점차 굳어져 갔다.
이내 모든 이야기가 끝나고 무영이 남궁민을 가만히 바라보았다. 그는 멍한 표정으로 술을 단번에 들이키며 허탈한 웃음을 터뜨렸다.
"하··· 하하··· 솔직히 말이야, 조금 믿기가 힘든 이야기구먼."
무영은 고개를 끄덕였다.
"당연히 믿기 힘들겠지. 이해해."
"천칠백 년이나 살아온 불로불사의 인간이라······. 그것도 진시황제의 명을 받아 떠났던······."
"그래."
"그렇군. 황도를 장악한 이상 걸림돌은 무림일 테니까."
그래서 정사대전을 벌이려 하는 것이다.
"우리는 그들의 손아귀 위에서 놀아나고 있는 건가? 말해주게, 무영."
남궁민의 표정은 넋이 나가 있었다.
못내 부정하려는 모습. 하지만 사실을 아니라고 말할 수는 없는 법이다. 무림맹과 사도련은 철저하게 계산된 무대 위에서 광대 짓을 하고 있는 것이나 다름없었다.
무영이 아무런 대답도 하지 않자 남궁민의 고개가 떨궈졌다.
"그렇군······. 그렇게 된 거로군."
말끝이 흩어져 사라졌다. 남는 것은 주체할 수 없는 절망감뿐.
"차라리 그들의 존재를 나에게 알려주지 그랬나? 그렇다면 이 지경까지는 오지 않았을 걸세."

"미안하네."

"미안하다고 될 소린가?"

남궁민은 답답한 듯 자신의 가슴을 주먹으로 탁탁 쳤다. 사실 따지고 보면 무턱대고 무영만을 탓할 것만은 아니다. 보통이라면 감정을 이기지 못했겠지만 남궁민은 달랐다.

누가 뭐라고 한들 정파 무림을 대표하는 초고수이자 가장 높은 배분을 가진 어른이다. 그는 이내 냉정을 되찾고 말문을 열었다.

"…자네의 생각은?"

"일단 사도련과의 충돌을 막아야지."

"쉬운 일이 아니야."

남궁민은 얼굴은 밝지 않았다. 당연하다. 그간 수많은 희생을 감수하고 준비를 해왔다. 이를 물린다는 것은 정파에 있어 어마어마한 타격이었다.

"하지만 싸우게 될 경우 무림의 미래가 불투명하다. 난감해. 정말 난감하기 그지없어."

노안에 깊은 근심이 깃들었다.

본래 전투의 목적은 승자를 가리는 것이다. 그런데 이번은 뭔가 다르다. 마치 불나방이 불구덩이 속으로 뛰어드는 것과 같은 형세다.

"현재 젊은 후지기수들의 불만은 극에 이른 상태네. 이번에도 우리가 얕보이는 모습을 보일 경우 가만있지 않을 것이야."

무영의 표정이 와락 일그러졌다.

남궁문의 말이 계속해서 이어졌다.

"설사 후지기수들의 불만을 잠재우고 무림맹이 정사대전에서 빠지더라도 문제네. 사도련은 어찌할 텐가?"

"…사도련을 억제시킬 정도의 세력은 있네."

시작 193

한 곳이 있었다.

무영은 잠시 목소리를 가다듬은 후 말문을 열었다.

"명교."

순간 남궁민의 눈동자가 동그랗게 떠졌다.

정사대전 후 사도련에서 탈퇴한 곳.

단일 세력으로는 천하제일을 자랑하는 명교이다.

무영은 팔짱은 낀 채 남궁민을 바라보았다.

그들이 있었다. 더욱이 그곳에는 연교휘가 있지 않은가. 무영과 헤어지기 전 그는 일랑과 맞설 것을 천명했다.

"명교라면 사도련을 막을 수 있다."

"명교… 명교라……. 위험 요소가 많다고 생각하지 않나?"

남궁민의 걱정은 당연했다. 분명 명교는 사도련을 억제시킬 정도의 힘을 가지고 있다.

바꾸어 말하자면 명교가 다시금 사도련과 손을 맞잡게 될 경우 무림맹은 끝장이란 소리였다.

"정말 생각하는 것 하나하나가 마음에 들지 않네."

그때 들려온 소리에 무영은 인상을 찌푸리며 고개를 돌렸다. 어느새 소령이 대전 안으로 들어와 있었다.

소령은 자신이 말한 것처럼 못마땅한 표정으로 남궁민을 바라보고 있었다. 하지만 그녀의 표정이 얼떨떨하기만 한 남궁민은 멀뚱하게 무영을 바라보았다.

무슨 뜻이냐는 물음이었다.

"소령, 나서지 마라."

무영은 짐짓 엄한 표정으로 소령을 윽박질렀다. 하지만 그런 것에 기죽을 그녀가 아니었다. 도리어 더욱 당당해진 표정으로 가슴을 쭉 펴며 말했다.

"처음부터 저런 허약한 자들에게는 감당하기 어려운 문제였어."

남궁민은 내심 허탈한 웃음을 터뜨렸다. 그간 적지 않은 세월을 살아오며 허약하다는 소리를 들어본 적이 있던가?

"아까도 봤지? 내 동료다."

무영의 설명에 비로소 남궁민은 고개를 끄덕일 수 있었다. 그러고 보니 식사 시간에 가주 내외에게 애교를 떨던 여자 아이였다. 새삼 깨닫게 되자 등줄기가 오싹해졌다.

영락없는 천진한 꼬마 계집의 그것이었기 때문이다.

"자네와 같은?"

"그래."

무영은 고개를 끄덕였다. 남궁민은 입가에 미소를 띠며 말문을 열었다.

"처음 뵙겠소, 남궁민이오."

"알아. 검제지?"

대뜸 반말이 나오자 남궁민이 멍한 표정을 지었다. 무영은 인상을 찌푸렸다.

"소령, 예의를 갖춰라."

"흥!"

소령은 성이 단단히 난 표정으로 볼을 잔뜩 부풀리며 고개를 홱 돌렸다. 남궁민은 쓴미소를 지으며 어깨를 으쓱했다.

소령은 격한 어조로 말문을 열었다.

"부정적으로만 생각하는 이의 힘을 빌릴 필요는 없어. 영아, 떠나자."

"그만 해."

"상황을 복잡하게 만들 필요는 없잖아?"

못마땅했지만 틀린 말은 아니었다. 한시가 바쁜 이때에 주저하고 있는 남궁민을 붙잡고 있어봤자 답이 나올 리 없다.

"이보시오."

그때 남궁민이 말을 걸어왔다. 그는 턱 주위를 매만지며 소령을 잠시 바라보다가 말했다.

"당신의 말이 맞기는 하오. 하지만 아시지 않소. 이 일은 그리 쉽사리 결정 내릴 수 있는 사안이 아니라는 것을 말이오."

"다 죽고 나서?"

남궁민의 눈썹이 위로 향했다.

"아버님."

다급한 남궁문의 목소리가 들려온 것은 그때였다. 무영과 소령은 단번에 어둠 속으로 스며들었다. 그 모습에 감탄의 빛을 보이던 남궁민은 마음을 추스르며 바깥을 향해 말문을 열었다.

"들어오시구려."

덜컹.

남궁민의 허락이 떨어지기가 무섭게 문이 거칠게 열렸다. 그리고 남궁문이 헐레벌떡 안으로 들어왔다.

"가주, 어찌 그렇게 경망스럽게……."

가주 직을 물려받은 아들의 행동거지를 탓하려던 찰나, 남궁문이 중간의 말을 잘랐다.

"큰일이 났습니다."

심상치 않은 얼굴. 남궁민의 표정이 순식간에 굳어졌다.

"무슨 일이오?"

"무림맹주가 사파의 살수에게 암습을 당했다 합니다."

"머시라?"

어찌나 놀랐는지 남궁민은 탁자가 엎어지는 것도 모른 채 몸을 일으켰다.

콰장창!

그와 동시에 처소 바닥이 깨진 쟁반과 음식물로 난장판이 되었다. 하지만 그런 것에 신경 쓸 겨를이 없었다. 무림맹주가 살수의 암습을 받다니……. 이것은 어마어마한 일이었다.

"그래서, 그래서 맹주는 어찌 되었나?"

다급해서인지 언제나 쓰던 존칭은 이미 사라져 있었다.

"다행히 무사하답니다."

"하아……."

무사하다는 소리에 남궁민이 안도의 한숨을 내쉬며 의자에 털썩 주저앉았다.

"상한 곳은 없다더냐?"

"예."

"누구냐?"

"예?"

"살수 말이다. 어느 곳의 녀석이더냐?"

남궁민의 어조에는 노기가 서려 있었다.

"맹주의 증언으로는 사도련이 파견한 살수라 합니다."

"사도련?"

"예, 솔직히 사도련을 빼놓고 맹주를 암살 대상으로 지목할 간 큰 조직이 어디 있겠습니까? 또한 현재의 상황도 그러하고요."

남궁민은 고개를 끄덕였다. 확실히 맞는 말이다. 사도련 외에 마땅히 맹주가 원한을 산 곳도 없다.

그렇다면,

"맹주는 어찌한다더냐?"

"당연하지 않습니까? 군세를 일으켜 사도련을 칠 것입니다. 이미 명이 내려왔습니다."

"명이? 무슨 내용이지?"

"무림맹에 속한 모든 무가는 담당 지역에 자리잡고 있는 사파 계열 지부를 모두 폐쇄시키랍니다."

"그렇군. 충분히 그럴 만해."

"하지만 자꾸 꺼림칙한 생각이 드는 것은 어쩔 수 없군요."

남궁문의 중얼거림에 남궁민이 의아한 표정으로 말문을 열었다.

"뭐랄까… 마치 기다렸던 것처럼 진행되어 가고 있다는 느낌입니다."

"너무 신속하다는 뜻인가?"

"예."

남궁민은 고개를 끄덕였다. 방금 전 무영에게서 현재의 상황을 들은 탓에 어렵지 않게 유추해 낼 수 있었다.

무영의 말대로 일랑의 무리가 무림맹과 사도련 모두를 조종하고 있다면 지금의 이상할 정도로 신속한 대응이 맞아떨어진다.

"사도련에 대한 정보는 들어왔나?"

"아직은 확실치가 않습니다. 하지만 문도들을 사도련의 지부 쪽에 파견해 놓았으니 곧 알게 되지 않겠습니까?"

"그렇군. 아직은 조금 기다려야 한다는 소리군."

"예."

"정보가 들어오면 나에게도 신속하게 알려주도록 하고."

"이를 말씀입니까? 걱정 마십시오. 그럼 전 이만."

"가보게."

"아, 그리고……."

"……?"
남궁민이 고개를 갸웃거렸다. 남궁문은 희미한 미소를 지으며 말문을 열었다.
"오랜만에 진짜 부자지간 같아서 좋았습니다. 계속 이렇게 말씀해 주십시오."
그제야 남궁민은 자신이 존칭을 생략했음을 깨달았다.
"그럼 이만 물러가 보겠습니다."
남궁문은 처음 올 때와 마찬가지로 신속하게 방을 나섰다. 남궁민은 쓴웃음을 지었다.
잠시 후 밖에 있던 시비가 안으로 들어오더니 물었다.
"음식을 새로 내올까요?"
그제야 남궁민은 바닥이 엉망으로 어질러져 있는 것을 발견했다.
"아니다. 치우도록 해라."
"예."
시비는 바닥에 쪼그리고 앉아 음식을 치우기 시작했다. 남궁민은 가볍게 한숨을 내쉬었다. 무영과 소령은 다시금 모습을 드러내며 말문을 열었다.
"사도련은 바보가 아니야. 무슨 방비든 해놓았을 거야."
남궁민은 고개를 끄덕였다.
"그렇겠지."
"그럼 우리는 이만 가볼게."
평소 같으면 서운한 마음에 잡았겠지만 지금은 그럴 때가 아니다.
"대접도 제대로 못해주어서 미안하군."
"아니야."
무영은 쓴미소를 지었다.

소령은 아직까지도 구겨진 인상을 그대로 유지한 채 남궁민을 바라보았다. 하지만 아까와 같이 날이 선 목소리로 쏘아붙이지는 않았다.
 "가자, 령아."
 "응."
 소령은 마지막으로 남궁민을 한번 노려보더니 창밖으로 몸을 날리는 무영의 뒤를 따랐다.
 남궁세가에서 합비를 벗어나는 데까지 걸린 시간은 찰나에 가까웠다.
 "왜 그렇게 날카롭게 굴어?"
 무영은 소령과 속도를 맞추며 물었다. 그녀는 여전히 뾰로통한 얼굴이었다.
 "답답하잖아."
 "답답해도 말이야."
 무영은 고개를 설레설레 저었다. 그렇다고 이토록 무례를 떨 것은 없지 않은가.
 "휴우……."
 소령은 한숨을 내쉬었다.
 "물론 내가 좀 심했다는 것은 인정해. 하지만 계속해서 이러고 있을 수는 없어. 그건 너도 알잖아?"
 그 점에 있어서는 무영 역시 수긍했다.
 "이제는 어떡할 거니? 생각해 둔 것이라도 있어?"
 소령의 얼굴이 찰나지간 당혹스러워졌다.
 "그건…….."
 무영은 허탈한 표정으로 말문을 열었다.
 "네가 원래 그렇지, 뭐."

"칫."

"명교로 가자."

"명교?"

무영은 고개를 끄덕였다. 남궁세가에서도 확실한 답을 못 들은 이상 이제 남은 곳은 명교뿐이었다. 더욱이 연교휘의 경우 확실하게 맞붙겠다고 천명했다.

소령은 파리한 안색으로 중얼거렸다.

"일랑 때문에 중원 일주를 하게 되는구먼."

"어쩔 수 있나? 가자."

"응."

무영과 소령은 극성으로 내공을 끌어올려 경공을 시전했다.

남궁세가 제일의 무력 단체인 진천대의 대주 숙야겸과 부대주는 휘하 일백을 이끌고 질풍같이 내달리고 있었다.

그의 목표는 합비 인근에 자리잡고 있는 것으로 알려진 사도련의 안휘 지부였다.

장소를 찾는 것은 생각 외로 까다로웠다. 본래 관아에서 사파의 교도들을 찾아 잡아들이는 방법은 간단했다. 백성 몇에게 돈을 좀 쥐어주거나 두들겨 팬 뒤 주위 사람들 중 그들의 종교에 대해 떠들고 다니는 자를 묻는다. 그리고 신상이 확보되면 지명된 이를 잡아다가 소위 그들이 말하는 성전(聖殿)이 어디인지 불게 만든다.

숙야겸 역시 이러한 보편적인 방법을 썼다. 교도의 신상을 확보하는 데는 별문제가 없었다. 하지만 잡아들인 뒤가 골치 아팠다.

"독한 새끼."

방금 전까지 심문하던 녀석을 떠올린 숙야겸은 질린 표정으로 중얼거렸다.
 본래는 겁만 주려 했다. 하지만 녀석이 도통 지부의 위치를 불지 않았다. 어쩔 수 없이 고문을 했지만 계속해서 사이한 교리만 외울 뿐이었다.
 말 그대로 광인.
 '빌어먹을. 그딴 새끼 입을 여는 데 한 시진이나 허비하다니!'
 숙야겸은 힐끗 고개를 돌려 바로 뒤를 따르는 대원을 바라보았다. 그가 바로 교도의 심문을 맡은 얼간이었다.
 세가로 복귀하면 한번 제대로 굴려야겠다 생각하며 발걸음에 속도를 붙였다.
 "더 빨리 달려! 빌어먹을 사파 놈들, 한 명도 남겨두지 말고 잡아들여!"
 "충!"
 진천대의 대원은 한 목소리로 구호를 넣으며 숙야겸의 뒤를 따랐다.
 그렇게 얼마나 뛰었을까. 저 멀리 마을이 보였다.
 합비성 인근 백여 세대 남짓 모여 있는 마을이 진천대의 목표였다. 하지만 뭔가 이상했다. 늦지 않은 밤, 아직까지 불빛이 보여야 하건만 왠지 모르게 칠흑처럼 어두웠다.
 "가자!"
 잠시 주저했지만 이내 마음을 다잡았다. 남궁세가 제일의 무력 단체라는 자부심 때문이었다.
 설령 함정을 파놓았거나 암습을 가해오더라도 되받아칠 자신이 있었다. 끽해봤자 몇 명이나 되겠느냐는 자부심 역시 한몫했다.
 마을에 들어서자 숙야겸과 진천대를 맞이한 것은 무거운 적막과 어두움이었다.
 인기척이라고는 느껴지지 않았다.
 그제야 무언가 잘못되어 가고 있음을 알았다. 숙야겸은 손을 들어 정지 신호를 보내고는 마을을 살폈다.
"뭐지?"
숙야겸은 침음성을 삼켰다.
"대주?"
참다못한 부대주가 말을 걸어왔다. 이제 어떻게 해야 하느냐는 무언의 물음이었다. 숙야겸은 잠시 고심하다가 말문을 열었다.
"십 인 일 조로 흩어져 마을을 샅샅이 뒤지도록."
"충."
명을 받은 부대주는 나지막하지만 강하게 구호를 붙이며 대원들을 편성해 임무를 맡겼다. 이윽고 숙야겸과 부대주 둘만 남았다.
"휴우!"
숙야겸은 마을 중앙에 위치한 커다란 바위에 걸터앉으며 부대주를 바라보았다.
"대원들이 곧 사파 놈들을 끌고 나타날 걸세."
"예."
대답은 하지만 왠지 모르게 불안감이 묻어 나오는 부대주의 모습에 숙야겸은 피식 미소를 지으며 손을 내저었다.
"걱정할 필요가 무에 있나? 우리 진천대는 모두 일당백의 정예 무사들인 것을."
그제야 부대주의 안색에도 한 가닥 밝은 기색이 떠올랐다. 숙야겸은 품을 뒤져 연초 한 개피를 꺼내 입에 물었다. 그리고 부대주를 바라보았다.
"한 대 피울 텐가?"
"괜찮습니다. 요전에 끊었습니다."
부대주는 세차게 고개를 내저었다. 하지만 입맛을 다시는 것이 아직 완전히 잊지는 못한 것 같았다.

숙야겸은 피식 웃으며 점화석을 꺼내 연초에 불을 붙였다. 한 모금의 연기를 빨아들인 뒤 내뱉었다.

희뿌연 연초 연기가 이내 허공으로 흩어져 사라졌다.

"이 맛에 끊을 수가 없다니까!"

숙야겸은 연초를 입에 물며 말을 이어나갔다.

"…몸에 안 좋긴 하지만 말이야."

"자꾸 그러지 마십시오. 겨우 욕구가 가라앉는 참이었는데."

부대주가 애써 고개를 돌려 외면하는 순간이었다.

사삭.

갑작스레 들린 풀잎 흔들리는 소리에 숙야겸과 부대주의 고개가 동시에 그쪽으로 돌아갔다.

"자네도 들었나?"

"예. 대주님께서도?"

숙야겸은 고개를 끄덕였다.

"가보세."

"예."

숙야겸은 허리춤에 달린 검집에서 검을 뽑아 들며 걸음을 옮겼다. 부대주 역시 조심스럽게 숙야겸의 뒤를 따랐다.

하지만 무언가 이상했다. 느낌이 왠지 불길하다.

사삭.

또 다른 방향에서 들려오는 소리에 부대주가 몸을 돌려 숙야겸과 등을 맞댔다.

"저는 이쪽을 맡겠습니다."

"그래."

숙야겸은 고개를 끄덕였다. 갑작스런 상황에 긴장한 탓일까. 입에 고인 침을 삼켰다 천천히 걸음을 옮겼다.
이윽고 처음 소리가 들린 장소에 이르렀다. 허름한 집과 집 사이에 잡초가 무성하게 자라 허리춤까지 이르고 있었다.
"누구냐? 나와라!"
나직하지만 위압적인 외침에도 물음에도 불구하고 대답이 없다.
번쩍.
순간 풀숲을 뚫고 솟구친 한 쌍의 안광!
숙야겸의 검이 반사적으로 치켜 올라갔다. 그때였다.
"대, 대주님……?"
"무슨……?"
그의 말에 고개를 돌리던 숙야겸의 몸이 굳어졌다. 창백한 얼굴의 인영이 하나둘 몸을 드러내고 있었다.
핏기 하나 없이 파란 빛이 도는 얼굴에 동공이 보이지 않는 눈.
"이, 이것은……?"
숙야겸의 말과 동시에 한 녀석이 몸을 폴짝 뛰어 앞으로 나왔다.
퉁!
하지만 땅에 닿을 때도 무릎이 거의 굽혀지지 않는다.
순간 숙야겸의 뇌리에 한 가지가 스쳤다.
들어본 적이 있다, 사파의 사술 중 사람의 시체를 움직이게 하는 방법이 있음을.
그렇다면 이자들은,
"가, 강시……?"
크르르…….
그 와중에 들린 으르렁거리는 소리. 숙야겸의 고개가 본래대로 돌아왔다. 처음 소리가 들린 무성한 잡초 쪽이었다.

　강시는 이미 죽은 이들. 고통을 느낄 리도 이성을 가지고 있을 리도 없다. 단 한 가지, 살생에 대한 욕구만 있을 뿐이다.

　그야말로 무적의 부대인 것이다.

"제, 제길……."

크아아!

푸악!

순간 풀숲을 뚫고 한 구의 강시가 숙야겸을 향해 날아들었다.

"으아… 으아악!"

찢어지는 비명 소리가 마을 공터를 울렸다.

제39장
집착

집착

사도련의 맹주이자 백화교의 교주이기도 한 철사정은 눈을 동그랗게 뜨며 눈앞에 서 있는 명교의 사신을 바라보았다.

"허어?"

"교주께서는 사도련의 군사적 움직임에 우려를 표하시더이다."

철사정의 얼굴이 굳어졌다.

'이 녀석들이 지금……?'

무슨 바람이 들어서 사신을 보냈나 했더니만 트집을 잡기 위함이었다. 사실 철사정도 명교의 사신을 보기 싫었다. 하지만 무턱대고 안 만날 수도 없는 게, 명교가 사도련에 끼치는 영향력이란 것을 무시할 수 없기 때문이다.

그것은 명교가 사도련을 탈퇴한 육십오 년이 지난 지금도 마찬가지였다.

"명교 교주께 말씀하시오, 신경 쓰실 필요 없다고."

짐짓 정중한 어조였지만 말속에 서린 반감을 감출 수는 없었다. 명교의 사신 자격으로 사도련주를 독대하게 된 비화당주 쌍행리는 가볍게 고개를 내저었다.

"그럴 수는 없는 일이오. 명백히 사도련과 명교 사이에는 불가침 조약이 있소이다. 또한 군사적 움직임 역시 제한한다는 조항이 있소. 저희 입장에서 보자면 당연한 주장이라 사료되오만?"

철사정은 짜증스러운 표정을 감추기 위해 손을 들어 얼굴을 감싸쥐었다. 성질 같아서는 한마디 해주고 싶었지만 그것은 예의가 아니다.

"그럼 우리보고 뭘 어쩌라는 소리요?"

철사정의 푸념에도 불구하고 쌍행리의 표정에는 변함이 없었다.

"물론 우리도 무턱대고 떼를 쓰는 것은 아니오. 행군로를 바꿔달라 이거지."

"행군로를?"

"왜 하필 명교의 앞마당인 화염산(火焰山)을 지나치냔 말이오."

화염산은 명교가 자리하고 있는 토로번(吐魯番)에 위치한 산으로, 붉은 암석으로 이루어져 있었다.

대부분의 명교인들은 이 산을 붉은 산이라고 부르며 신성시했는데, 이는 산이 붉은 사암으로 이루어져 있어 햇빛을 받으면 마치 불타는 듯 보이기 때문이었다.

철사정의 표정이 곤혹스러워졌다.

화염산은 처음 청해를 칠 때 꼭 지나쳐야 하는 길목이었다. 그렇지 않으면 한참이나 돌아가야 한다.

"아니… 그것은……."

"더욱이 화염산은 우리 교의 성스러운 산이오."

"사도련의 성산인 홍산(紅山)에 다른 사람들이 멋대로 드나든다고 생각해 보시오. 교주께서는 용납할 수 있으시겠소?"

명교는 화염산, 사도련에게는 홍산이라는 각자 성스럽게 받드는 산이 있었다. 그리고 마지막으로 명교와 사도련이 동시에 신성시 여기는 곳이 신강성 서쪽 끝 자락에 위치한 천산(天山)이다.

"끄응……."

"이것은 정당한 권리를 주장하는 것이오. 혹시라도 화염산에 또 한 번 사도련의 무사들이 드나드는 것을 발견하게 된다면 가만있지 않겠다는 태상교주의 말씀이 있으셨소. 그럼 이만."

쌍행리는 자신이 할 말만을 끝내고 몸을 일으켜 대전을 나섰다. 홀로 남게 된 철사정은 멍한 표정으로 의자에 앉아 있다가 욕설을 내뱉었다.

"제길."

그리고 그 시각, 무영과 소령은 토로번에 도착했다.

"확실히 색목인이 많아."

소령은 신기한 표정으로 주위를 살피며 말했다. 노서아(露西亞:러시아)와 맞닿아 있는 곳이라 그런지 흰 피부에 파란 눈동자를 가진 색목인이나 아라비아 쪽에서 온 이들을 심심찮게 볼 수 있었다.

"그럴 수밖에."

그렇기에 연교휘 같은 혼혈아도 있는 것이리라.

"여기서 이러고 있을 수는 없어. 어서 명교로 가자."

"응."

소령은 고개를 끄덕이며 무영의 뒤를 따랐다.

명교를 찾은 것은 어렵지 않았다. 도시를 벗어나자마자 어마어마한 위용을 가진 건물들이 우후죽순 솟아 있었다.

단일 세력으로는 최대의 인원을 자랑한다는 명교답게 그 규모는 상상을 초월할 정도였다.

"크다. 정말 커."

소령은 감탄한 표정으로 중얼거렸다. 하지만 무영의 표정은 몽롱하게 변해 있었다.

'몇 년 만이지?'

실로 오래간만에 돌아온 것이다.

'별로 변한 것이 없어.'

왠지 모르게 안도했다. 무영 자신도 놀랄 정도였다. 하지만 이내 상념을 접고 명교의 정문을 향해 걸었다.

문 앞에는 많은 무사들이 지키고 있었지만 다른 곳처럼 붙잡고 신원을 물어보거나 하지는 않았다.

"왜 안 잡아?"

소령의 물음에 무영은 팔짱을 끼며 대답했다.

"명교가 뭐니? 일단은 종교 집단이야. 아, 안에는 교당도 상당히 많다고."

"우리를 교당에 가는 교인 정도로 생각한 거구나?"

무영은 고개를 끄덕이며 말을 이었다.

"그렇지. 또한 명교 자신들에 관한 자신감도 있고."

"자신감?"

"응. 올 테면 와보라는 식이지."

"광오하군."

"그렇게 생각할 수도 있고."

무영은 피식 웃었다. 하지만 그 정도의 자신감은 당연한 것이리라. 그간 많은 세월 명교는 투쟁의 역사를 살아왔다. 그리고 꺾이지 않았다. 명교인들이 가지는 자부심 역시 대단했다.

문을 지나니 많은 사람들이 보였다.

이곳저곳 높이 솟은 건물들은 교당임에 분명했다.

"크다, 커. 사람도 많고."

"그렇지?"

무영의 말에 소령은 잠시 고개를 갸웃거리며 물었다.

"연교휘를 만나려면 어디로 가야 하는지 아니?"

"그럴 필요 뭐 있니?"

"응?"

무영은 피식 웃으며 걸음을 옮겼다. 그렇게 얼마나 걸었을까. 비로소 처음으로 제지를 받았다.

허리춤에 검을 찬 무사가 무영과 소령을 막아선 것이다.

"이곳부터는 제한 구역이다."

"어떡하지?"

소령의 전음성에 무영은 희미한 미소를 흘리고 고개를 들었다.

"사혼요녀께 무영이 왔다고 전해주시오."

순간 무사의 눈썹이 꿈틀거렸다. 사혼요녀라면 명교에서도 고위층에 속하는 인물이다. 왠지 섣불리 대하기가 힘들었다.

"사혼요녀님께?"

"그렇소."

"잠깐 기다려 봐."

무사는 옆에서 대기하고 있던 이에게 말을 건넸다. 그는 빠른 걸음걸이로 이동했다. 그렇게 일각 정도의 시간이 지났을까. 저 멀리서 다급한 목소리가 들려왔다.

"교 안에서 경공술은 안 됩니다!"

그 소리를 들은 무영은 쓴웃음을 지었다. 이윽고 감미란의 모습이 보였다.

"칠칠치 못하게 신발도 안 신고 나왔군."

무영은 자신의 앞에 선 감미란을 바라보며 가볍게 책망했다. 하지만 그녀는 그런 것에 개의치 않았다. 감격한 표정으로 단번에 무영을 품에 안았다.

"영아!"

"그래그래."

무영은 고개를 끄덕일 수밖에 없었다.

"영아!"

감미란은 억세게 무영을 부여안고 있었다. 결국 그 모습을 보다 못한 소령이 한마디 했다.

"여기서 이럴 것이 아니고, 일단 가자고."

그제야 감미란이 고개를 끄덕였다.

"집에 가자. 응?"

감미란의 물음에 무영은 소령을 바라보았다. 그녀는 '나보고 뭘?' 하는 눈빛으로 어깨를 으쓱거렸다. 무영은 어쩔 수 없다는 표정으로 고개를 끄덕였다.

"마음대로 해."

"이리 와."

감미란은 미소를 지으며 무영을 이끌고 집으로 들어섰다. 무영은 연신 고개를 이리저리로 돌리며 말문을 열었다.

"집이 그대로야."

감미란은 고개를 끄덕였다.

"혹시라도 네가 돌아왔을 때 못 알아볼까 봐."

무영은 쓴웃음을 지었다. 사실 자신 역시 이곳으로 다시 돌아오게 될 것이라고는 생각하지 못했다.

이윽고 마당으로 들어섰을 때 한 늙은 여인을 볼 수 있었다.

왠지 낯이 익은 얼굴이다. 무영의 그런 눈빛을 읽었는지 감미란이 늙은 여인에게 손짓을 했다.

그 여인은 다가와 무영을 지그시 바라보더니 물었다.

"제가 기억나지 않으시나요?"

"……?"

"예전에 끼니 때마다 제가 식사를 가져다 드렸는데요."

"아!"

그제야 무영은 기억을 해내고 고개를 끄덕였다. 비로소 생각이 났다. 예전 이곳에서 살 무렵 언제나 식사를 가져다주던 여인이다.

아마도 이름이…….

"…은령이었지?"

무영의 말에 여인의 입가에 환한 미소가 지어졌다.

"기억하고 계시는군요?"

"뭐, 그렇지."

왠지 머쓱해져 턱을 긁적였다.

"거의 안 변하셨어요."

"그런 몸이니까."

무영은 자조적으로 말하다가 은령의 모습을 바라보며 말을 이었다.

"흰머리도 많아졌네? 주름도 늘었고."

은령은 고개를 끄덕였다. 그때 감미란의 무영을 이끌었다. 이대로 두면 시간이 길어질 것 같아서였다.

이기심이라고 해도 할 말이 없다. 무영과의 시간을 자신이 독점하고 싶었다.

"식사 시간에 뵙지요."
은령은 서운한 표정을 애써 감추며 인사를 했다. 무영은 가볍게 손을 흔들어주며 감미란의 뒤를 따랐다.
방으로 들어와서 의자에 앉아 주위를 살폈다. 마찬가지로 변한 것이 없었다. 벽에 걸린 족자에서부터 가구의 배치까지, 역시 예전 모습 그대로였다.
"차를 내오너라."
감미란은 바깥을 향해 말한 후 무영에게 시선을 주며 말했다.
"무창에서 그냥 헤어져서 얼마나 마음이 아팠는지 몰라."
"그렇군."
무영은 살짝 고개를 끄덕이더니 손바닥으로 턱을 괴었다. 이런 말을 하러 온 것이 아니다, 그녀에게 미안하기는 하지만.
"본론으로 들어가지. 연교휘를 좀 만났으면 하는데……."
"소교주를?"
"응."
감미란은 서운한 기색을 감추지 못했다. 그럴 수밖에 없었다.
"…그렇구나."
말끝이 흐려졌다. 그런 모습을 눈치챈 소령이 무영의 옆구리를 팔꿈치로 쿡 찔렀다.
"눈치없게."
"어쩔 수 없어. 너도 알잖아?"
"그렇기는 하지만……."
소령 역시 더 이상 뭐라 반박하지는 못했다.
"미안해요. 지금 상황 때문에 어쩔 수 없어요."
그저 이렇게 변명하는 수밖에.

다행히 감미란은 곧 이해해 주었다.

"만나기가 쉽지는 않을 텐데?"

"내가 만나러 왔다고 말만 전해주면 그만이야. 어려울 것 없어."

무영의 말에 감미란은 고개를 끄덕이며 바깥에서 대기하고 있던 이에게 소교주전에 다녀올 것을 명했다.

"좀 시간이 걸릴 거야."

"그렇군."

무영은 고개를 끄덕이며 몸을 일으켰다. 그런 모습에 감미란이 화들짝 놀라며 물었다. 혹시라도 또 사라지는 것이 아닌가 하는 기분 때문이었다.

"방에서 좀 쉬고 있겠어."

"그래?"

방으로 간다는 이야기에 안심하는 기색이다. 무영은 고개를 설레설레 저으며 소령을 이끌고 나섰다.

예전에 머물던 방 역시 마찬가지였다. 전혀 변한 것이 없다.

무영은 침상에 엉덩이를 붙이고 앉으며 한숨을 내쉬었다. 소령 역시 그 옆에 앉으며 주위를 살폈다.

"좀 낡은 것 같은 느낌이야."

"그럴 수밖에. 예전 그대로니까."

"그렇구나."

소령은 고개를 끄덕였다.

"일단은 좀 쉬자."

"응. 좀 지쳤어."

소령은 침상에 누우며 눈을 살며시 감더니 이내 고른 숨을 내쉬었다.

"잠도 잘 자는 녀석."

어느새 잠이 든 소령을 내려다보며 무영이 나지막하게 중얼거렸다. 어다서든 잘 적응하는 소령이 부러웠다.

"휴우!"

무영은 가볍게 안색을 찌푸리며 한숨을 내쉬었다.

그렇게 얼마나 시간이 지났을까. 깜박 잠이 든 무영은 바깥에서 들려온 소리에 눈을 떴다.

"도련님."

"…들어와."

무영은 띵한 머리를 부여잡고 말했다. 이윽고 문이 열리며 시비가 들어왔다.

"전갈이 내려왔습니다."

"무슨 전갈?"

"소교주님이 뵈시겠답니다."

"아, 그렇군."

무영은 고개를 끄덕이며 한참 달게 자고 있는 소령의 어깨를 한차례 흔들었다.

"음, 무슨 일이야?"

"연교휘가 만나러 오래."

"지가 여기로 오는 게 아니고?"

무영은 피식 웃었다.

"잔말 말고 따라와. 가자."

"응."

무영의 말에 소령은 흐트러진 옷매무새를 한차례 가다듬고는 몸을 일으켰다.

"이곳인가?"

무영은 눈앞에 자리잡은 커다란 건물을 올려다보며 중얼거렸다. 그러자 옆에 서 있던 무사가 가볍게 읍을 하며 말했다.

"들어가시지요. 기다리고 계십니다."

무영은 고개를 끄덕이며 대전 안으로 들어섰다.

넓은 대전 입구에 연교휘가 서서 무영을 맞이해 주었다.

"어서 와."

무영은 고개를 끄덕였다. 뒤에서 그 모습을 바라보던 소령은 연교휘를 위아래로 쭉 훑어보더니 감탄성을 터뜨렸다.

"신수가 훤하네?"

연교휘는 피식 웃었다.

"원래 꾸미면 다 그런 법이오."

소령은 피식 웃으며 무영 쪽으로 시선을 주었다.

"너 혼자가 아니군."

무영의 나지막한 한마디.

연교휘는 고개를 끄덕이며 대전 안쪽으로 시선을 건넸다. 무영의 입이 열렸다.

"도제인가?"

"잘 알고 있군."

"남궁가의 검제와 비슷한 수준의 무인이라면 도제밖에 없지."

"만나보고 싶어하셔서 말이야."

"뭐, 그것도 좋겠지."

무영은 고개를 끄덕이며 앞서 걸었다.

커다란 방을 열자 대전의에 앉아 있는 노인이 보였다. 남성답게 선 굵은 인상이었다.

"어서 오시게."

연오랑은 무영을 바라보며 미소를 짓고 있었다.

"무영이다."

"연오랑이오."

무영의 하대에 연교휘가 눈에 띄게 당황한 기색이다. 하지만 연오랑은 손을 내저으며 개의치 않는 표정이었다.

"상관없다. 그 정도의 강자니까."

투쟁의 역사를 펼쳐 온 명교답게 기본적으로 강자를 숭배한다. 더욱이 무영은 그야말로 자신을 뛰어넘는 초고수가 아니던가.

"한번 뵙고 싶었소이다."

"그렇군."

무영은 고개를 끄덕였다. 그 모습을 바라보던 소령이 옆으로 섰다. 그제야 연오랑이 물었다.

"옆에 계신 분은?"

"소령이라 불러요."

"무영과 같습니다."

연교휘가 말을 덧붙였다. 연오랑은 감탄한 표정으로 고개를 끄덕였다. 그렇다는 이야기는 그녀 역시 불로불사의 존재란 뜻이다.

"여기서 이럴 것이 아니라 식사라도 같이 하는 게 어떠신지요?"

연교휘의 제안에 모두들 고개를 끄덕였다. 아닌 게 아니라 식사 때가 되었기 때문이다.

대전 옆 통로를 따라 잠시 걸으니 커다란 방이 나왔다. 기다란 식탁과 함께 속속들이 준비된 음식이 나오고 있었다.

"모쪼록 맛있게 드시길."

무영과 소령은 고개를 끄덕이며 젓가락을 들었다.

이윽고 식사를 끝낸 후 음식을 치우자 시비들이 차를 내왔다.

연오랑은 다리를 꼬고 앉으며 말문을 열었다. 이제야 말을 할 분위기가 형성되었다.

"처음 들었을 때는 조금 놀랐소."

무영은 고개를 끄덕였다. 당연히 그럴 수밖에. 자신 입장이라도 그럴 것이다.

"본래 그런 법이지."

"손자에게서 대강의 이야기는 들었소."

"그렇다면 이야기하기가 편해지겠군."

무영은 찻잔을 들었다. 연오랑은 고개를 끄덕였다. 솔직히 마음 한편이 좀 답답했다.

연교휘가 자신에게 거짓말을 했으리라 생각하지는 않지만 실제 마주 보니 막막했기 때문이다.

"일랑이란 사내······."

무영의 입가에 쓴미소가 머금어졌다.

"그래."

"무림을 없애려 든다는 말이 사실이오?"

"이미 알고 있구먼."

"사실 믿기 어려운 이야기뿐이라서 말이오."

"그럴 수도 있지. 하지만 사실이야."

"솔직히 말하자면 사도련이나 무림맹이나 어느 곳 하나 좋아하지는 않소만··· 막아야겠지."

연오랑의 어조에는 힘이 없었다. 옆에서 그 모습을 바라보던 연교휘의 얼굴에 근심이 서렸다.

"···할아버님."

"일단 사도련의 진군을 늦춰놨지만 근본적으로 막기는 어렵소."

"이해한다. 더욱이 그대들은 또 하나의 적이 있으니 말이야."

"황실을 이야기하는 거요?"

무영은 고개를 끄덕이며 황도에서 일어난 이야기를 쭉 풀어냈다. 연오랑의 표정이 심각해졌다.

"우리도 준비를 해놓아야겠군."

"그대들 단독으로 황군을 상대할 수 있겠는가?"

"여태까지 해오던 일인 것을……."

무영의 표정이 가볍게 찌푸려졌다.

"이번에는 다를 것이야. 여태까지는 소소했다면."

그것은 맞는 말이었다. 그간 토벌이라는 명목 아래 군대를 파견했지만 이번만큼은 대규모로 들이닥칠 것이 분명했다.

"크흠……."

연오랑은 신음성을 흘렸다.

"그 정도인가……?"

"예상치를 훨씬 뛰어넘는 군세일 거야."

"막을 수 있는 방법은?"

무영은 피식 웃었다.

"없다."

연오랑의 고개가 떨궈졌다.

"굳이 한 가지가 있다면……."

무영의 말에 연오랑과 연교휘의 시선이 모아졌다. 무영은 쓴웃음을 지으며 말을 끝맺었다.

"황제를 죽이는 것."

무영의 말에 두 사람의 눈이 크게 치켜떠졌다. 황제를 죽인다니, 생각지도 못했던 결론이다.

"그, 그것은……."

"사실 지금의 사도련과 무림맹 간의 정사대전을 막는 것도 간단해. 두 맹주를 없애 버리는 거지."

"……."

"하지만 여의치가 않더군."

무영의 말에 연오랑이 당황스런 표정이다. 이 말뜻은 이미 시도를 해 봤다는 뜻이 아닌가.

"그 말은……?"

"아아, 이미 시도해 봤지."

무영의 말에 연교휘와 연오랑은 눈만 깜박일 뿐이었다.

"휴우!"

무영은 대전을 나서며 기지개를 켰다.

"피곤하지?"

소령의 물음에 무영은 고개를 끄덕였다. 오늘은 심적으로 피곤한 날이었다. 그럴 수밖에 없다. 무창에서 이곳까지 내달려와서 쉬지도 못하고 연교휘와 연오랑을 만났으니 말이다.

"이제 어떡할 거니?"

"뭘?"

"그곳으로 돌아갈 거야?"

감미란의 집을 일컫는 말이었다. 무영은 잠시 고심해 보았다. 과연 갈 것인가.

"글쎄, 굳이 그럴 필요가 있을까?"

가봤자 피곤해지기만 할 뿐. 깨끗하게 물러나는 것이 좋을 수도 있다.

"슬퍼하겠지?"

소령의 말에 무영은 표정을 굳혔다.
"그렇겠지. 하지만 지금은 감상에 젖어 있을 상황이 아니지."
"하기는……."
소령은 긍정하는 표정이다. 하지만 이내 고개를 돌려 굳게 닫힌 대전의 문을 바라보며 말문을 열었다.
"어떻게 할 것 같아?"
"의지는 확고한 것 같더군."
맞서기는 할 것 같다.
"대세는 기울었건만."
이기는 것은 고사하고 버텨내기만 하면 다행이다. 아무리 명교에 고수들이 많다고는 하나 수적으로 한계가 있다.
무영은 고개를 떨구며 나지막하게 중얼거렸다.
"…차라리 도망가 숨어버릴까?"
"영아."
소령의 눈썹이 치켜 올라갔다. 무영은 쓰게 웃으며 손을 내저었다.
"농담이야."
"농담이라도."
"하도 답답해서 그래."
어차피 도망가더라도 마찬가지다. 일랑은 기필코 자신을 찾아내고야 말 것이다. 둘 중 하나가 죽을 때까지 멈출 수 없다.
'집착이라…….'
무영은 멍한 표정으로 하늘을 올려다보았다.
그가 자신에게 집착하는 이유.
'차라리 몰랐어야 해.'
그렇지만 않았더라면 지금 이토록 쫓겨다니지도 않았을 테지.

'하지만 알아버렸다……'

숙명이다.

일랑이 무영에게 집착할 수밖에 없는, 또한 무영은 일랑에게 대항할 수밖에 없는.

"가자."

무영은 소령을 이끌고 걸음을 옮겼다. 그렇게 명교를 나설 무렵이었다.

"이럴 줄 알았어."

놀랍게도 감미란은 무영을 기다리고 있었다. 무영은 쓴미소를 흘릴 수밖에 없었다.

"기다리고 있었나?"

"그래."

감미란은 고개를 끄덕였다. 무영은 가볍게 표정을 굳히며 말문을 열었다.

"막아도 소용없어. 난 갈 거니까."

"막지 않아."

감미란은 몸을 숙여 옆에 놓인 혁낭을 들었다.

"…같이 갈 거니까."

"무슨 짓이지?"

"말 그대로야. 동행한다는 뜻이야."

"제정신이 아니군. 그러다 죽어."

"상관없어."

감미란은 혁낭을 등에 메며 미소를 흘렸다.

"모시고 가도록 해."

그때 들려온 목소리에 무영과 소령의 고개가 돌아갔다.

그곳에는 연교휘가 호위무사들을 대동한 채 걸어오고 있었다.
"그렇게까지 하시는데 안 모시고 가는 것도 도리가 아니야."
"개죽음당할 뿐이야."
무영의 말투에는 가시가 돋쳐 있었다. 하지만 연교휘의 표정은 평온하기만 했다.
옆에서 보고 있던 소령은 어쩔 수 없다는 표정으로 어깨를 으쓱했다.

청수 진인은 탁자를 세차게 후려쳤다.
"그게 말이나 되는 소린가?"
"맹주님……."
총관은 바닥에 엎드려 고개를 들지 못한 채 연신 '맹주님'이란 말만 되뇌고 있었다.
요즘 들어 제대로 청수 진인과 시선을 맞춰본 기억이 없다. 하지만 돌아가는 상황이 그렇게 만들고 있었다.
"강시라니? 그게 가당키나 한 소린가?"
"하지만… 이미 스무 곳에서 이와 같은 소식을 전해왔습니다."
청수 진인은 침음성을 삼켰다.
이백년 전을 마지막으로 모습을 감춘 강시가 다시금 무림에 나타난 것이다. 이 일로 인해 생긴 파장은 엄청났다.
모든 가문들이 몸을 움츠렸다.
"제길."
청수 진인은 평소 내뱉지 않던 욕설까지 흘렸다. 골치가 아프다.
분명 사도련은 선수를 친 것이다. 한데 군세를 일으키기가 여의치 않다.

'선수를 빼앗겼군. 치밀한 놈들.'

이미 그들은 이만큼 준비를 해놓은 상태이다. 제대로 한 방 먹은 셈이 아닌가.

'하지만 이렇듯 당하고 있을 수만은 없지 않은가.'

어떻게든 반격을 꾀해야 한다. 움츠려 들면 들수록 형세는 불리해지기 마련이니까.

일단 지금의 문제는 어떻게 강시를 처리하느냐는 것이다. 무척이나 골치 아픈 존재이기는 하지만 무적은 아니다.

그 괴물들을 죽일 수 있는 방법은 단 한 가지. 아예 움직일 수 없을 만큼 몸을 조각조각 내거나 머리통을 부숴 버리면 된다.

하지만 여기서 또 한 가지 걸리는 것은, 놈들의 몸이 웬만한 도검으로는 생채기도 나지 않는다는 사실이다.

특수한 약품 처리를 한 강시들의 몸은 바위처럼 단단하다. 극상의 품질을 자랑하는 보검이나 검기는 되어야 맞붙을 수 있다.

들어보니 강시들의 몸놀림이 상당히 빠르다고 한다. 사실 보통의 강시들은 몸놀림이 둔하기 그지없다. 폴짝폴짝 뛰거나 할 뿐이 아닌가. 하지만 그것은 하급의 강시고, 사파에서 내려오는 그 위쪽의 강시, 예를 들면 혈강시나 활강시의 경우에는 그 몸놀림이 절정고수에 버금갈 정도라고 한다.

특히 활강시의 경우는 강시 특유의 통통 뛰는 정도가 아닌, 인간과 같은 수준의 관절 움직임이 가능하다고 한다. 또한 조악하기는 하지만 지능이란 것도 있어 무척이나 상대하기 어렵다.

하지만 장점이 있다면 그만큼의 단점도 있는 법.

활강시의 경우 대법 자체가 너무도 난해하고 기준이 까다로웠기에 강시술이 발전했던 몇백 년 전에도 무척이나 보기 드물었다고 한다.

그렇다면 남은 것은 혈강시인데…….
'도대체가…….'
"으드득."
청수 진인은 이를 갈았다. 혈강시 정도만 되어도 엄청나다. 지금 이렇게 고생하는 것도 이해가 되었다.
"중요한 일전을 앞에 두고 이 무슨 악재란 말인가?"
그리고 그 시각, 사도련의 맹주 철사정은 곤혹스러운 표정으로 안절부절못하고 있었다.
"이를 어찌하면 좋을꼬."
"맹주님…….'
총관은 맹주를 바라보며 근심 어린 한숨을 내쉬었다.
"도대체 누굴까?"
철사정은 청천벽력 같은 소식에 어찌할 바를 모를 지경이었다. 얼마 전부터 사도련의 주축을 이루고 있는 백련교를 비롯해 마니교와 배화교 등의 지부에서 출몰하고 있는 강시 때문이었다.
"알 수가 없군. 빌어먹을!"
철사정의 욕설에 듣고 있던 총관이 몸을 움찔거렸다.
"매, 맹주님……?"
"너에게 말한 것이 아니야."
철사정은 짜증스럽게 말하며 턱을 매만졌다.

끼이익!
거대한 철문이 굉음을 내지르며 열렸다.
어둡다 못해 시커먼 석실 안에 비로소 한줄기 빛이 새어 들어왔다.
"불."

나른함을 머금은 목소리와 함께 석실 안에 불이 켜졌다. 그리고 드러난 얼굴은 일랑이었다. 그 옆에는 공우가 횃불을 벽에 걸고 있었다.

"문 닫고 나가."

"예."

공우는 군말없이 밖으로 나가더니 문을 닫았다.

끼이익! 쿵!

이내 문이 닫히자 일랑은 희미한 미소를 머금으며 말문을 열었다.

"여어, 그간 잘 있었는가?"

일랑의 시선이 향한 쪽에는 한 사람이 벽에 걸려 있었다.

산발된 머리가 밑으로 늘어져 있고 옷 이곳저곳은 찢어져 있었다.

"…일랑인가?"

산발인은 나지막이 중얼거리며 고개를 들었다. 이윽고 드러난 모습은 바로 염무학이었다.

그간 고생이 심했는지 초췌해진 얼굴이었다.

"후후, 아직 건강해 보이는군."

"…왜 왔나?"

염무학의 말에 일랑은 정색을 하며 손을 내저었다.

"별다른 뜻이 있어서 온 것은 아니야."

"다시 한 번 말하지만… 어떠한 짓을 한다 한들 난 너에게 굴복하지 않을 것이야."

염무학은 가볍게 일랑과의 시선을 외면하며 고집스럽게 말했다. 그 모습을 바라보던 일랑은 희미한 미소를 지었다. 그리고 석실 가장자리에 놓여 있는 의자를 향해 손을 뻗었다.

둥실!

이윽고 의자가 공중에 뜨더니 일랑의 앞으로 날아왔다. 일랑은 의자에 앉으며 말문을 열었다.
"본래 이렇듯 예상치 못한 전개가 있어야 재미있는 법이지."
"큭큭."
문득 염무학이 희미한 웃음을 터뜨렸다. 일랑은 고개를 갸웃거리며 물었다.
"뭐가 그렇게 웃기지?"
"꼴을 보아하니 아직까지도 무영을 잡지 못한 것 같군."
순간 일랑의 눈썹이 꿈틀거렸다. 하지만 짐짓 미소를 지으며 고개를 끄덕였다.
"그대는 모든 것을 다 알고 있군."
"암, 다 알고 있지. 일랑 네가 어째서 그토록 무영에게 집착하는지도 말이야."
"…더 이상 들으면 내가 널 죽일지도 모르겠어."
일랑의 목소리가 살기를 머금었다. 염무학은 잠시 움찔거렸지만 다시금 미소를 흘렸다.
"그것도 나쁘지는 않겠지. 이제는 지쳤어."
"지쳤다라……."
왠지 가소로운 마음이었다. 자신에 비하면 삼분지 일도 살아오지 못했다. 하지만 겉으로 내뱉지는 않으며 화제를 다른 쪽으로 돌렸다.
"내가 무영에게 집착한다고?"
"그래."
"그럴지도 모르지."
일랑은 희미한 미소를 머금으며 염무학을 바라보았다.
"무슨 일이든 원인이 있는 법이니까."
"후후, 그렇지. 원인이 있었지."

염무학의 입꼬리가 비틀렸다. 그렇기에 이러고 있는 것이다. 끊임없이 무영을 찾으면서.

"나는 언제까지 이렇게 매달아놓기만 할 작정인가?"

염무학의 물음에 일랑이 히죽 웃는다.

"어떻게 해주길 바라지?"

"고문을 심하게 가하는 것도 아니고, 이렇듯 몸에 제약만을 가했을 뿐이야. 도대체 무슨 생각이지?"

염무학이 가진 의문은 당연한 것이었다. 잡혀온 뒤 끔찍한 고문이 뒤따를 것으로 예상했다. 하지만 돌아온 것은 이렇게 매달려 있는 것이 다였다.

"너의 이용 가치는 하나뿐이야. 무영을 이곳으로 불러들이는 것뿐."

"큭."

처음으로 염무학의 얼굴에 동요가 일어났다. 무영과 소령을 생각하면 마음 한편이 아려온다.

"한 가지만 알아둬."

"……?"

일랑의 의아한 표정으로 염무학을 바라보았다.

염무학은 희미한 미소를 지으며 말문을 열었다.

"무영과 소령은 네 생각 이상으로 똑똑해. 뒤통수나 맞지 않기만을 바라라고."

"흐으, 명심해 두지."

일랑은 비릿한 미소를 지으며 의자에서 몸을 일으켜 석실 문 쪽으로 다가갔다.

"문 열어."

나지막한 한마디와 함께 석실 문이 열리며 공우가 모습을 보였다.

"가자."

"예."

공우는 가볍게 고개를 숙여 예를 표하더니 석실 문을 닫았다. 이윽고 홀로 남게 된 염무학은 표정을 굳혔다.

"무영 너라면 내 안배를 알아내겠지? 부디 그러기를 바라마."

살며시 벌려진 입에서 한숨이 흘러나왔다.

한편, 석실을 나온 일랑은 통로를 걷다 걸음을 멈췄다.

"무영……."

발악하는 모습이 눈에 보이는 듯하다. 하지만 이내 염무학의 한마디가 뇌리에 든 생각을 방해했다.

"집착이라……."

"예?"

"그럴지도 모르지."

입가에 희미한 미소가 머금어졌다. 자신의 가장 큰 비밀을 알고 있는 녀석. 그렇기에 신경이 쓰이는, 또한 공허한 인생의 샘물 같은 존재가 무영이었다.

"무영, 보고 싶구나."

그가 앞에 있다면 더욱 재미있을 것이다. 끊임없이 자신에게 자극을 주는 녀석이기 때문이다.

"홀로 무슨 말씀을 그리하십니까?"

옆에서 걷고 있던 공우가 물어왔다. 일랑은 표정을 차갑게 굳히며 가볍게 손을 털었다.

"아무것도 아니다."

"예."

공우는 이내 수긍한 눈치다. 그 모습을 바라보던 일랑의 입가에 쓴웃음이 지어졌다.

"결국 꼭두각시인가?"

뜬금없는 한마디. 공우는 궁금했지만 물어보지 않았다. 그때 저 멀리서 음식이 든 쟁반을 들고 걸어오는 한 여인을 볼 수 있었다.

"안녕하세요?"

늙은 여인 지인은 일랑을 발견하자 공손하게 예를 올렸다. 일랑은 살짝 고개를 까닥이며 말문을 열었다.

"식사를 가져다주는가?"

"예."

지인은 미소를 머금은 얼굴로 대답했다.

"현아는……?"

"잘 계십니다."

"매일 징징거리기만 하겠지."

자조적인 어조에도 지인의 얼굴에는 아무런 대꾸도 하지 않았다.

"그대는 많이 늙었군."

"그렇지요."

"올해 나이가 어떻게 되지? 인간 나이로 말이야."

"아흔이 조금 넘었습니다."

일랑은 고개를 끄덕였다.

"죽을 때가 다 됐군."

"……."

"쯧."

반 불로불사에게는 수명이 제한되어 있다. 일랑 자신과는 다르다.

"살고 싶은가?"

뜬금없는 물음에 지인은 잠시 고개를 갸웃거렸다. 일랑은 고개를 설레설레 저으며 걸음을 옮겨 그녀를 지나쳤다. 그리고 공우가 그의 뒤를 따랐다.

이윽고 석실 안에 홀로 남게 된 지인의 표정이 굳어졌다.
"하아!"
그리고 나지막한 한숨을 내쉬며 걸음을 옮겼다. 염무학이 속박되어 있는 석실 문을 열고 안으로 들어갔다.
"식사를 가져왔습니다."
지인의 말에 염무학이 떨구고 있던 고개를 들었다.
"배고프던 참이었소."
"조금 늦었지요?"
지인은 빙그레 웃으며 식사가 든 쟁반을 바닥에 내려놓고는 음식을 수저로 떠서 염무학의 입에 가져다 대었다.
그렇게 얼마간의 시간이 지나고 식사를 끝마친 염무학은 지인을 바라보며 말했다.
"무현의 시중을 들고 있다고 했소?"
"예."
"또한 예전에 무영과 같이 지내기도 했고?"
지인은 가만히 고개를 끄덕였다.
"둘이 형제란 사실은?"
"알고 있습니다."
"그렇다면 현재 두 사람이 대립하고 있다는 사실도 알겠구려."
지인의 표정이 어두워졌다. 염무학은 그녀를 바라보다가 물었다.
"어째서요?"
"무슨 말씀이신지……."
"어째서 둘 사이에서 방관만 하고 있소?"
지인의 표정이 어두워졌다.

제40장
각자의 전쟁

각자의 전쟁

약강(若羌)은 신강성 남부에 위치한 도시로, 현재 사도련을 이루고 있는 세력 중 한곳인 마니교가 위치한 곳이었다.

무영은 한숨을 내쉬며 자신의 옆에서 생선을 굽고 있는 감미란을 바라보았다.

"이봐."

"응?"

"정녕 돌아갈 생각이 없나?"

무영의 물음에 감미란은 생각할 것도 없다는 표정으로 고개를 끄덕였다. 한숨이 나왔다.

"제길."

나지막한 욕설에 무영의 옆에 찰싹 붙어 있던 소령이 배시시 미소를 지었다.

"뭘 실실 웃고 있어?"

무영의 투덜거림에 소령은 입가를 손으로 가리며 고개를 내저었다.
"아무것도 아니야."
"싱거운 녀석."
무영은 뾰로통한 표정으로 투덜거렸다. 그때 감미란이 다 구워진 생선을 무영에게 건넸다.
"잘 구워졌어. 영아, 먹어보렴."
"출출하지 않아."
"끼니를 거르는 것은 좋지 않아."
감미란은 미소를 지으며 생선을 무영의 입가에 가져다 댔다.
"귀찮게시리."
무영은 어쩔 수 없이 입을 벌려 생선을 한입 베어 먹었다.
"령아도 여기."
감미란은 소령에게도 생선을 건네주었다.
"고마워요."
소령은 미소를 지으며 생선을 받았다. 동행을 시작한 지 삼 일 남짓. 이미 감미란과 소령은 많이 친해진 상태였다.
거의 모녀와 같은 분위기랄까. 소령 역시 거부감없이 감미란의 호의를 받아들이고 있었다.
"어서 중원으로 돌아가야 할 텐데……."
소령은 생선 살을 씹으며 중얼거렸다. 한층 밝아진 표정이다.
그전까지만 하더라도 염무학에 대한 걱정 때문에 침울해지는 기색을 자주 보였지만 아무래도 감미란과 같이 있다 보니 한결 마음이 편해진 것 같다.
생선을 다 발라 먹은 무영은 뼈를 숲 안쪽으로 휙 던지며 소령을 바라보았다.

"너무 걱정할 필요 없어. 그들은 절대 영감님을 죽이지 못해."
"그건 나도 알지만……."
무영의 말은 틀리지 않을 것이다. 그럼에도 걱정이 되는 것이 사람 마음이 아니던가.
"날 믿어. 꼭 구해줄 테니까."
짐짓 호기로운 무영의 장담에 소령은 입가에 희미한 미소를 띨 수 있었다.
짤랑.
그때 들린 청명한 종소리. 소령은 손 위에 자그마한 종이 들려 있었다.
"그건……?"
"예전에 할아버지 초옥에서 가져온 것 있잖아."
"아, 그거?"
무영은 고개를 끄덕였다. 목갑 안에 고이 모셔져 있던 종.
"하아!"
가볍게 한숨을 내쉬었다. 지금은 종을 보고 있을 때가 아니다.
"곧 모든 일이 끝날 거야. 내가 죽든 일랑이 죽든."
"불길하게 그런 소리 하지 마."
소령의 말에 무영은 앞으로 흘러내린 머리를 뒤로 쓸어 넘기며 말을 이어나갔다.
"둘 중 하나가 죽지 않는 한 끝나지 않을 싸움이야. 너도 알잖아?"
소령은 쉽사리 대답을 하지 못했다.
"그러고 보니… 예전에 말하려다 만 것 있잖아."
"무슨?"
"일랑이 영아 네게 집착하는 이유."
"아……!"

그러고 보니 그 이유를 말하려는 순간 일이 터지는 바람에 다음 기회를 미뤘었다.

그간 무영이나 소령 둘 다 잊고 있었다.

"아, 그거 말이야?"

"응, 듣고 싶어."

무영은 히죽 웃었다.

"그건 말이야……."

막 소령의 물음에 대답하려는 찰나였다.

"응?"

소령이 오른쪽으로 고개를 돌렸다. 감미란은 왜 그러느냐는 표정이었다.

"엄청난 수의 인기척이다."

무영의 나지막이 중얼거리더니 몸을 훌쩍 날렸다. 그 뒤를 소령과 감미란이 따랐다.

이윽고 드러난 광경.

언뜻 보기에도 수천에 이르는 무복을 입은 사람들이 약강의 성문 앞에 모여 있었다.

무영은 안력을 돋웠다.

"마니교도들이다."

"마니교?"

소령의 물음에 무영은 고개를 끄덕였다. 드디어 시작될 모양이다.

무영이 한숨을 내쉴 무렵이었다. 매우 희미하지만 왠지 이질적인 기운이 느껴졌다. 기괴하면서도 음침한, 또한 낯익은 이 기운은…….

"놈이다."

무영의 중얼거림에 감미란이 고개를 갸웃거렸다.

"놈이라니?"

"일랑의 수하."

순간 소령의 양 눈썹이 치켜 올라갔다. 그녀는 극도로 오감을 끌어올렸다. 그리고 이내 눈을 부릅떴다.

"정말이다. 한 놈 있어."

"큭……."

무영은 침음성을 삼켰다. 그때 소령이 앞으로 나섰다.

"잠자코 보고만 있을 수는 없지."

소령은 차가운 얼굴로 중얼거렸다. 무영은 심려 섞인 표정으로 말했다.

"함정일지도 몰라."

"상관없어. 이미 당할 만큼 당했는걸."

단호한 어조!

무영은 가볍게 한숨을 내쉬더니 소매를 한차례 크게 휘둘렀다.

철컥!

무영의 애검이 손등 위로 튀어나왔다.

"후우……!"

무영은 숨을 골랐다. 뒤에서 그 모습을 보고 있던 감미란이 물었다.

"어쩌려고?"

"놈을 찾는다."

감미란의 눈이 크게 치켜떠졌다.

"어디 있는 줄 알고?"

"저 성 어딘가에 있어."

"너희들의 말대로 함정이라면 마니교와 충돌할 수도 있어!"

감미란의 말은 다급했다.

"상관없어. 그 수가 얼마든 간에."

무영의 말에 감미란은 세차게 고개를 내저었다. 너무도 무모한 말이 아닌가. 이쪽은 고작 세 명이다.

"말도 안 되는 얘기야."

"뭐가 안 돼?"

무영은 비릿하게 웃으며 감미란의 옆에 서 있는 소령에게 눈짓을 보냈다.

"무, 무슨 짓을……?"

소령은 살며시 고개를 끄덕이더니 단번에 감미란의 수혈을 짚었다.

갑작스런 상황에 감미란은 채 말을 끝맺지 못한 채 그 자리에 풀썩 쓰러졌다.

"당신이 끼면 안 돼."

무영은 쪼그리고 앉아 감미란의 머리를 한차례 쓰다듬어 주었다. 그가 그간 보여주었던 냉랭함이 아닌 상냥한 어조였다.

"실은 걱정했구나?"

그 모습을 바라보던 소령이 실소했다. 무영은 쓴웃음을 지었다.

"내 생각에는 아줌마 말도 맞아."

갑작스런 소령의 말에 무영은 한숨을 내쉬었다.

당연하다. 현재 무영의 모습을 따지자면 닥치는 대로 살육하는 존재밖에 되질 않는다.

그들이 무영에게 공격당하는 이유는 단지 일랑의 손아귀에서 놀아나고 있다는 것뿐이다.

"난 천벌받을 거야."

"영아……."

"하지만 말이야, 난 일랑을 없애야 해. 너무도 이기적인 생각이지만 그럴 수만 있다면 무엇이든 이용하고 필요에 따라서는 살육도 서슴지 않을 거야."

"……."

소령은 아무런 대답도 하지 못했다.

"도와줄 거지?"

무영의 물음에 소령은 잠시 고개를 떨궜다.

"나 역시 천벌받을 거야."

소령은 선선히 고개를 끄덕였다. 무영은 입가에 부드러운 미소가 머금어졌다.

"고맙다."

"고맙기는. 부부는 일심동체라잖아?"

무영의 얼굴이 가볍게 찌푸려졌다. 하지만 평소처럼 길길이 날뛰며 화내지는 않았다.

"내 어디가 그렇게 좋으냐?"

무영의 물음에 소령은 잠시 고심하더니 활짝 웃었다.

"다."

"싱거운 녀석."

무영은 히죽 웃으며 몸을 날렸다. 소령은 화들짝 놀라며 무영의 뒤를 따랐다.

"같이 가!"

마니교의 부교주인 위천일은 마음속에 끓어오르는 자부심을 감출 수 없었다.

역사적인 정사대전.

더욱이 사도련을 이루고 있는 모든 무가 중 마니교가 선봉을 맡은 것이다. 그간 갑작스레 출몰한 강시 때문에 골치를 좀 썩긴 했지만 다행히 모두 척살할 수 있었다.

성문을 막 떠난 지금 이천에 이르는 선발대가 자신의 통솔 하에 뒤따르게 될 것이다.

마니교에 몸 담은 지 이십사 년.

이만큼의 대규모 인원을 직접 이끌어본 적이 없다. 그래서인지 왠지 뿌듯했다.

"부교주님."

"응?"

등 뒤에서 들려온 소리에 위천일이 고개를 돌렸다. 부장인 사혼대주였다.

"무슨 일인가?"

"이거 왠지 긴장돼서 말입니다."

위천일은 껄껄 웃었다. 자신도 가슴이 두근두근한데 수하들이야 오죽할까.

"당연하지 않은가? 무림일통을 향한 첫걸음이니."

사혼대주는 말안장에 걸어놓은 자신의 애검을 힐끗 바라보며 미소를 지었다.

"벌써부터 놈들의 피 맛을 볼 생각에 잠을 못 이루겠습니다."

"흐흐흐."

위천일이 진득한 웃음을 흘리며 다시 정면으로 시선을 줄 때였다. 저 멀리 두 개의 형체가 보였다.

"응? 저건 뭐지?"

위천일의 말에 사혼대주도 안력을 돋워 그쪽을 바라보았다. 하지만 아직까지 거리가 너무 멀다.

"교도 한 명을 보내보겠습니다."

"그러게."

위천일의 명이 떨어지자 사혼대주의 명을 받은 교도 한 명이 앞으로 달려나갔다.

그리고 잠시 후, 교도가 바닥에 풀썩 쓰러졌다.

"저, 저……!"

사혼대주의 눈이 크게 치켜떠졌다. 그것은 위천일 역시 마찬가지였다. 그리고 이내 두 형상이 자그마한 체구를 가진 사람이란 것을 알 수 있었다.

무영은 자신의 앞에 머리를 박고 꼬꾸라져 있는 마니교도를 잠시 바라본 후 고개를 들었다.

"녀석의 기척이 사라졌다."

무영의 중얼거림에 소령이 고개를 끄덕였다.

"또 걸려든 것 같네?"

무영은 살며시 고개를 내저었다. 무언가 조금 이상하다. 지금 이런 곳에서 무영과 마니교가 맞부딪치다니, 멍청한 짓이다.

현재 사도련과 무림맹의 세력은 백중세. 더욱이 극도로 신중한 이때에 어느 한곳이라도 균형이 무너질 경우 몸을 사릴 것이 분명했다.

"이상해."

무영의 중얼거림이었지만 상념을 길게 이어가지는 못했다. 마니교도들이 흉흉한 기세로 무영과 소령을 향해 창을 겨눴기 때문이다.

"피할 수 없겠군."

무영은 주먹을 말아 쥐며 좌중을 살폈다.

"대략 이천."

나지막한 중얼거림에 소령이 피식 웃었다.

"내가 천 명 맡을게."
"천 명이 뉘 집 개 이름이냐?"
"어쩔 수 없잖아?"
"하기는."
무영은 배시시 웃으며 검을 치켜들었다. 그리고 내기를 끌어올리기 시작했다.
드득! 드드득!
내력이 끌어올려짐에 따라 옷이 펄럭이기 시작했다. 그리고 뒤이어 무영과 소령의 주위로 돌맹이들이 떠오르기 시작했다.
허공섭물.
문득 잡혀간 염무학이 생각났다. 허공섭물의 수련이랍시고 애꿎은 여자들의 치마를 들추던 모습.
'쓸모가 있을 때도 있구먼.'
무영은 한 손을 앞으로 쭉 뻗으며 외쳤다.
"가랏!"
쉬쉬쉭!
순간 수천 개의 돌이 마니교의 군세를 향해 빗살처럼 쏘아져 나갔다.
위천일은 자신들을 향해 날아오는 돌들을 보며 외쳤다.
"방어!"
순간 위천일의 앞으로 수십 명이 달려나오더니 어른 키만 한 방패를 세웠다. 그리고 두 개의 층으로 쌓아 위천일을 감쌌다.
터터터텅!
순간 수많은 굉음과 함께 방패수들의 몸이 들썩였다. 수천 개의 돌이 날아와 강타했기 때문이다.

쾅!

일순간 엄청난 굉음과 함께 중앙을 가리고 있던 방패수의 몸이 뒤로 퉁겼다. 사람 얼굴만 한 돌이 방패를 후려쳤기 때문이다.

"어서 막아!"

위천일이 발악적으로 외쳤다. 방어에 구멍이 뚫렸기 때문이다. 하지만 그 미세한 순간을 놓치지 않고 수십 개의 돌이 뚫고 들어왔다.

퍼버벅!

"으아악!"

운이 좋은 건지 나쁜 건지 위천일의 양옆에 서 있던 호위무장들의 얼굴에 돌이 틀어박혔다.

찢어지는 비명성과 함께 호위무장들이 말에서 굴러 떨어졌다. 하지만 그것이 끝이 아니었다.

스각 하는 소리와 함께 방패가 잘라졌다. 그와 동시에 소령이 방패를 타고 넘으며 검을 수평으로 휘둘렀다.

끼이잉!

검날에 맺혀 있던 검기가 반원형을 그리며 위천일을 향해 쏘아져 왔다.

"제길!"

위천일은 눈을 크게 뜨며 욕설을 내뱉었다. 하지만 그것으로 끝.

위천일의 상반신이 잘려 허공으로 치솟았다.

사혼대주는 지금의 상황을 이해할 수가 없었다. 단 한 번의 공격에 부교주인 위천일이 허무하게 죽음을 맞이한 것이다.

정신을 추스르던 찰나 어느새 진영으로 파고든 무영이 말의 발목을 냅다 잘라 버렸다.

푸히힝!

말이 고통에 찬 울음을 터뜨리며 꼬꾸라졌다.
"으악!"
사혼대주는 비명을 터뜨렸다. 운 나쁘게도 쓰러지는 말에 다리가 깔렸다.
"…빌어먹을!"
발을 빼내려 했지만 고통 때문에 허우적거리는 말은 사혼대주의 다리를 자근자근 으스러뜨리고 있었다.
"끄아악!"
"아프냐?"
그때 들려온 소리. 뒤이어 목을 파고드는 차가운 금속성의 느낌이 사혼대주의 마지막이었다.
슈각! 툭, 데구르르.
무영은 단번에 사혼대주의 목을 쳐낸 뒤 야생마처럼 진영 안을 헤집고 다녔다.
눈 한 번 깜박할 사이에 두 명의 지휘관이 죽은 마니교도들은 공황 상태에 빠졌다. 어떻게 해야 하는지 감을 잡지도 못한 채 무영과 소령에게 목숨을 헌납당하고 있었다.
무영은 눈에 띄는 모든 것들을 향해 검을 날리며 닥치는 대로 죽이고 있었다. 그것은 소령 역시 마찬가지였다.
"으아악!"
검에 눈을 찔린 마니교도가 얼굴을 감싸쥐며 주저앉았다. 하지만 적은 사방에 자리잡고 있었다.
무영의 옷은 피로 물들어 있었다. 하지만 그렇다고 해서 검을 멈추지는 않았다.
검이 닿는 곳에는 어김없이 피가 튀었고, 비명이 뒤따랐다. 또한 바닥에 널브러진 시신은 시간이 지날수록 늘어가고 있었다.
 일각여의 시간 동안 무영의 손에 죽은 이가 근 삼백을 헤아릴 정도였다. 그것은 소령 역시 마찬가지.
 "괴, 괴물들이다!"
 마니교도 중 한 명이 발악적으로 외치며 도망치기 시작했다. 본래 공황 상태가 그러하듯 공포심이 가지는 전염성은 상상을 초월한다. 또한 군중심리까지 겹치며 처음 하나둘이던 탈영자들이 기하급수적으로 늘어났다.
 하지만 피를 본 이상 철저해야 했다. 무영은 몸을 날리며 도망치는 이들도 사정없이 베어버렸다.
 푸악!
 검에 베인 적의 등이 갈라지며 뜨거운 피가 왈칵 무영의 앞 소매를 적셨다.
 그 옆에서 나란히 달리는 소령의 손아귀에는 다섯 개의 비도가 쥐어져 있었다.
 "타앗!"
 소령이 앙칼진 기합성을 내지르자 비도가 허공으로 둥실 떠올랐다. 그리고 앞쪽에서 도망치고 있는 적들을 향해 날아갔다.
 퍽! 퍼버버벅!
 순식간에 다섯 명의 교도가 꼬꾸라졌다. 하지만 거기서 끝이 아니었다. 마치 손으로 움직이는 것마냥 검이 허공으로 떠오르더니 어지러이 섞인 교도들의 틈바구니 안으로 파고들었다.
 "아악!"
 "크아아!"
 찢어지는 비명 소리가 사방에서 울려 퍼지며 꼬꾸라지는 이들이 하나

둘 늘어났다. 그 모습을 보던 무영은 땅바닥에 떨어진 검 한 자루를 주워 들고는 내기를 주입했다.

우웅! 우우웅!

검이 미친 듯이 울리기 시작하더니 검날을 따라 미세하게 균열이 일어났다.

무영이 폭발적으로 내기를 주입하자 견디지 못한 검날이 수백 개의 조각으로 터져 나갔다.

퍼퍼퍽 하는 소리와 함께 맨 뒤에서 달리던 교도 수십 명이 벌집이 됐다.

그렇게 또 얼만큼이 죽어나갔을까. 약강성의 성문이 그 모습을 드러냈다.

"흥!"

무영은 코방귀를 뀌었다.

"소령! 나 먼저 간다!"

갑작스런 말에 소령이 눈을 동그랗게 뜨며 반문했다.

"응?"

"부탁해!"

"여, 영아!"

소령의 부름에도 무영은 단번에 도망자들의 앞을 지나쳐 성문까지 내달렸다.

그 앞에는 아직 수십에 이르는 교도들이 서 있었다. 떠나는 교도들을 환영하는 행사를 치른 직후의 뒤처리를 하고 있었던 모양인지 지금의 상황을 쉽사리 이해하지 못하고 있었다.

그럴 수밖에 없는 것이, 바로 얼마 전 자랑스럽게 떠났던 동료들이 혼비백산하여 도망쳐 오고 있었기 때문이다.

"무, 무슨……?"

교도 한 명이 고개를 갸웃거리는 순간, 어느덧 달려온 무영이 단칼에 목을 베어버렸다.

그리고는 지체없이 성문 안으로 들어갔다.

"어디냐?!"

무영은 주위를 살피며 놈의 기척을 찾아내기 위해 애를 썼다. 그리고 노력의 결과는 헛되지 않았다.

무영의 고개가 한쪽에 고정되었다. 저 멀리 보이는 건물. 바로 마니교였다.

"거기냐?"

무영은 이빨을 으드득 갈며 마니교를 향해 내달렸다.

"꺄악!"

한 여인이 피갑칠을 한 무영의 모습을 보며 비명을 내질렀다. 하지만 그런 것에 신경 쓸 시간이 없었다.

"누구냐?!"

이윽고 마니교로 들어가는 현문 앞까지 다가서자 호위무사를 맡은 교도들이 창을 겨누며 외쳤다.

"시끄러워."

무영은 나지막이 중얼거리며 일장을 내질렀다.

뿌각!

거대한 현문이 일시에 박살나며 안쪽의 전경이 훤히 드러났다. 무영은 안으로 몸을 들이밀며 사방을 향해 검기를 뿜어냈다.

사사사삭!

운이 없게도 현문 근처를 오가던 교도 수십 명이 순식간에 싸늘한 주검으로 변해 바닥에 널브러졌다.

"치, 침입자다!"

급박한 외침과 함께 어디선가 징을 울리는 소리가 들려왔다. 필시 무사들을 끌어 모으는 신호일 것이다.

하지만 무영은 개의치 않았다.

이왕 이렇게까지 된 거 일랑의 수하를 잡는 것과 동시에 마니교까지 풍비박산 내버릴 심산이었다.

'하는 데까지는 해보자.'

무영은 내기를 실은 목소리로 마니교가 떠나가라 외쳤다.

"나와!"

"크윽!"

막 집결하기 시작하던 몇몇 교도가 그 소리에 견디지 못하고 양 귀를 손으로 막았다. 하지만 이내 장기가 진탕되어 각혈을 하며 바닥에 주저앉았다.

그중 어느 정도 내력이 정순한 자들은 참아냈지만 안색들이 좋지는 않았다.

무영의 내기는 그 정도로 어마어마했다.

쉽사리 무영에게 접근하지 못했다. 그것만으로 이미 기선은 제압된 셈.

하지만 좀 더 확실하게 하기 위해 다시금 내력을 머금은 목소리로 외쳤다.

"나와!"

"쿨럭!"

안색만 변했던 교도들 역시 이번만큼은 참아내지 못했다. 결국 피를 게워내며 바닥에 주저앉아 버렸다.

무영은 가볍게 검을 털어냈다. 그러자 흙으로 이루어진 땅에 시뻘건 피가 흩뿌려졌다.

"쯧."

무영이 가볍게 혀를 차며 천천히 걸음을 옮기려던 찰나였다. 갑자기 중후한 인상의 노인이 무영의 앞을 막아섰다.

"마니교의 장로 중 하나인 용천악이다. 그대는 누구인가?"

제법 격식을 차리기는 했지만 어투 속에 녹아 있는 노기를 감출 수는 없었다. 무영은 귀찮다는 표정으로 말문을 열었다.

"비켜."

마치 너 따위는 안중에도 없다는 오만한 어조의 하대.

용천악의 표정이 일순간 일그러졌다.

"대화로 해결할 수 있는 상대가 아니로군."

"잘 알고 있군. 시간없으니 비켜. 셋 셀 때까지 안 비키면 죽는다."

"미친놈이군."

용천악이 내린 결론은 하나였다. 그럴 수밖에 없는 것이, 혼자의 몸으로 어찌 이토록 오만할 수 있단 말인가.

"일신에 가진 재주를 너무 과신하는 것 아닌가?"

"하나."

하지만 무영은 차가운 표정으로 숫자를 세었다.

"허어."

"둘."

둘까지 세어지자 용천악은 혀를 끌끌 차며 허리춤에 찬 검집으로 손을 가져갔다.

"날 원망하지 마라."

스르릉!

검집에서 시퍼런 검날이 반쯤 뽑혀져 나올 무렵이었다. 무영이 마지막

숫자를 세었다.

"셋."

그와 동시에 무영이 손가락을 튕겼다.

뽁!

무언가 경쾌한 소리와 함께 금세라도 무영에게 달려들 것 같던 용천악의 몸이 돌처럼 굳어졌다.

막 시작되려던 용천악의 싸움을 바라보던 교도들은 영문을 모르겠다는 표정으로 숨죽이고 있었다.

"어?"

그때 시력이 좋은 한 교도가 용천악의 이마를 가리켰다. 미간 중앙에 콩알만 한 구멍이 나 있었다. 그리고,

주루룩.

이마에서 피가 흘러 콧잔등을 타고 내려왔다.

무영은 차가운 표정으로 걸음을 옮겨 용천악의 앞에 서더니 고개를 치켜들며 말했다.

"죽는다고 했지?"

그리고 살며시 용천악의 몸을 밀었다.

스르륵… 쿵!

용천악은 그대로 바닥에 대 자로 뻗었다. 눈은 부릅뜬 그대로였다.

"으아악!"

그제야 상황을 파악한 교도들이 비명을 질러댔다. 마니교의 가장 높은 배분을 가진, 더욱이 무공 수위로도 교주의 바로 밑인 장로가 허무하게 죽임을 당한 탓이었다.

무영은 차갑게 주위를 살피며 검을 곧추세웠다. 순간 교도들이 움찔거리며 물러섰다.

감히 다가설 엄두를 내지 못하고 있었다.

"칫."

무영은 침음성을 삼키며 주위를 살폈다. 저 멀리 한 무리의 교도들이 다가오고 있었다.

"끝이 없군."

무영은 자조적인 미소를 흘렸다.

"만마대다! 모두 비켜서라!"

적색 무복은 입은 이들은 무언가 좀 달라 보였다. 칼날 같은 예기를 머금고 있었다. 그럴 만도 한 것이, 만마대는 백여 명으로 이루어진 마니교 최강의 특수부대였다.

그리고 맨 선두에 선 이는 이마에 적색 띠를 두른 채 주위를 살피다 온몸이 피로 물든 무영을 바라보았다. 만마대주였다.

"그댄가?"

"그렇다면?"

"죽어줘야겠다."

만마대주의 말이 끝나기가 무섭게 백 명의 만마대 무사들이 무영을 둥글게 둘러쌌다.

"재밌군."

무영은 나지막이 중얼거리며 손가락을 퉁겼다.

순간 만마대주가 반사적으로 검을 치켜들었다.

땅 하는 소리와 함께 검이 뒤로 밀렸다. 만마대주는 눈을 부릅떴다.

"탄지공?"

"잘 알고 있군."

무영은 빙그레 웃으며 훌쩍 몸을 날렸다.

"위다!"

만마대주의 외침과 동시에 백 명의 만마대 무사들이 허리춤에서 비도를 꺼내 무영을 향해 던졌다.

무영은 차가운 표정으로 내력을 끌어올렸다. 단번에 없앨 생각이었다. 하지만 그때 놈의 기운이 잡혔다.

무영의 고개가 한쪽으로 돌아갔다. 건물들 중에서도 가장 규모가 커 보이는 곳이다.

'일단은 놈이 먼저다.'

결심은 빨랐다. 무영은 공중에서 발을 구르며 쏜살같이 달려나갔다. 그와 동시에 백 개의 비도가 애꿎은 허공을 베고 지나갔다.

만마대주는 그 모습을 바라보며 멍한 표정으로 중얼거렸다.

"허, 허공답보……?"

"비켜! 비켜!"

그때 들려온 앙칼진 계집아이의 목소리.

만마대주의 고개가 반사적으로 돌아갔다. 그와 동시에 눈동자를 꽉 채우며 들어오는 시퍼런 한줄기 검날.

슈각!

만마대주의 목이 허공으로 치솟았다.

소령은 눈에 보이는 모든 것을 베어버린 후 허리띠를 끌렀다. 끊이지 않고 풀러지는 허리띠의 길이는 오 장여. 소령은 내기를 실어 사방으로 휘저었다.

슈갹! 슈가각!

순식간에 사방에 모여 있던 백 명의 만마대 무사들이 조각조각나 흩어졌다.

이윽고 상황이 정리되자 소령은 주위를 두리번거리며 외쳤다.

"영아! 영아! 어딨니?"

소령은 천천히 걸음을 옮기기 시작했다.

건물 앞에 도착했을 때 무영을 맞이한 것은 이리저리 놓여져 있는 시체들이었다.
무영은 개의치 않고 뚜벅뚜벅 걸음을 옮겨 문 앞에 섰다.
왈칵!
거칠게 문을 연 무영은 건물 안으로 들어섰다.
"나와라!"
건물 전체가 울리도록 외친 무영의 시선에 들어온 것은 의자에 쪼그리고 앉아 있는 중년 사내였다.
처음 보는 인물이다. 무영의 인상이 왈칵 굳어졌다.
"넌 누구냐?"
살기를 머금은 목소리.
중년 사내는 잔뜩 겁에 질린 얼굴로 팔을 들어올렸다. 그리고 한쪽을 가리켰다.
"뭐?"
반복된 물음에도 중년 사내는 아무런 대답을 하지 못했다. 무영의 고개가 한쪽으로 돌아갔다.
건물을 지탱하는 나무 기둥 쪽이었다.
"거기냐?"
무영은 비릿한 미소를 지으며 그쪽으로 방향을 잡고 걸음을 옮겼다.
뚜벅뚜벅.
걸음 소리가 대전 안을 울렸다. 그때였다.
움찔.
무영의 어깨가 한차례 움찔거렸다.

'살기!'

순간 무영의 몸이 옆으로 틀어졌다. 하지만 한발 늦었다. 극렬한 통증이 오른쪽 팔에 느껴졌다.

"끄윽……."

닫혀 있던 입이 벌어지며 고통을 머금은 신음성이 흘러나왔다.

푸악!

피가 분수처럼 쏟아지며 무영이 한쪽 무릎을 바닥에 꿇었다.

툭 하는 소리와 함께 오른쪽 팔이 무영의 눈앞에 떨어졌다. 자신의 것이었다.

"이, 이게……."

엄청난 격통이었지만 이러고 있을 수는 없었다. 무영은 재빨리 그 자리에서 한 바퀴 굴러 몸을 일으켰다.

그곳에는 양팔이 모두 없는 사내가 서 있었다. 악에 받친 듯 징그러운 미소를 흘리고 있는 그는 적이었다. 무창에서 인의 목숨을 빼앗아간 놈.

"오랜만이다, 무영."

"이 새끼."

무영의 욕설에 적은 히죽 웃었다.

"한쪽 팔이 없어졌군."

적의 말에 무영은 잘린 어깻죽지 부위를 왼손으로 감싸쥐었다.

치이익!

연기가 솟으며 절단된 부위가 조금씩 아물고 있었다.

움찔! 움찔!

상처가 아무는 부위가 욱신욱신 아파왔다.

팔이야 다시 붙이면 그만이지만 문제는 지금 그럴 시간이 없다는 것이었다.

'어쩔 수 없군.'

지금은 눈앞의 이 녀석부터 죽여야 한다.

'하필이면 오른팔이라니……'

잘린 오른팔에 검이 달려 있었다. 현재 문제는 아무런 무기가 없다는 사실이었다.

"제길."

무영의 욕설에 적이 웃음을 흘렸다.

"조금만 기다려. 왼팔도 잘라줄 테니까."

"이번에는 네 숨통을 끊어주마."

무영은 짐짓 자신만만한 어조로 내뱉으며 자세를 취했다. 그때 적의 몸이 사라졌다. 순간 무영의 눈이 크게 치켜떠졌다.

"뭣이?"

찰나의 순간 사방으로 고개를 내저었다. 그때 등 뒤에서 섬뜩한 느낌이 들었다.

"칫!"

침음성을 흘리며 몸을 휘돌렸다. 어느새 적이 눈앞까지 치고 들어와 발을 올려 차고 있었다.

"크윽!"

무영 재빨리 뒤로 한 걸음 물러섰다. 그와 동시에 적의 발끝이 무영을 스쳐 지나갔다. 분명히 피했다고 생각했다. 하지만,

주르륵!

복부에서 불에 데인 듯한 통증이 느껴졌다. 무영은 재빨리 왼손으로 매만져 보았다.

따뜻한 피가 손바닥에 흥건히 묻어 나왔다.

각자의 전쟁 259

'도대체가…….'

이해를 할 수가 없었다.

"싸움 중에 딴생각을 하다니. 팔자 좋구먼."

그때 들려온 한줄기 목소리와 동시에 무영은 반사적으로 고개를 들었다.

파악!

피가 튀며 볼에 긴 검상을 입고 말았다. 하지만 찰나의 순간 적의 신발 끝에 삐죽 솟아 있는 검을 발견할 수 있었다.

"그거였나?"

무영의 입꼬리가 비틀어졌다. 공격 방법을 알아낸 이상 두려울 것은 없었다.

팍!

단번에 땅을 박차고 적의 품으로 파고들었다. 요는 발을 쓸 수 있는 거리를 주지 않으면 그만이다.

"치잇!"

적의 표정이 굳으며 무릎을 들었다. 순간 무영이 횡으로 보법을 틀며 옆구리에 일권을 박아넣었다.

꾸직!

일격에 갈비뼈가 박살나며 적이 마른기침을 토해냈다. 하지만 그것이 끝이 아니었다. 단번에 끝낼 심산이었다.

무영을 몸을 쭉 뻗으며 팔꿈치로 적의 턱을 올려 쳤다.

덜컥 하는 소리와 함께 적의 얼굴이 뒤로 젖혀졌다.

"크억!"

비명성과 함께 적이 옆으로 쓰러졌다. 무영은 가쁜 숨을 몰아쉬며 말문을 열었다.

"후우… 후우… 이제 죽어라."

"빌어… 쿨럭! 먹을……."

적의 짙은 눈썹이 아래로 처졌다. 무영은 손을 곧게 뻗으며 말했다.

"끝이라 생각하니 후회되나?"

하지만 대답이 없다. 무영은 천천히 걸음을 옮겨 거리를 좁혔다. 문득 적이 고개를 들었다.

"내가 살수의 훈련을 배운 것이 후회스럽다."

암습과 잠행이 주 특기인 그는 동료들과 다른 방식의 수련을 쌓을 수밖에 없었다. 지금 와서 보니 그것이 후회스럽다.

정면으로 맞서면 자신이 불리하다.

어쩔 수 없는 한계. 살수란 그런 것이다.

하지만 무영에게는 상관없는 일이었다. 그에게 남은 것은 분노와 복수심뿐.

어느새 무영의 손끝이 적의 눈앞에 다가와 있었다. 이제는 이마 한가운데 손을 박아 넣고 그의 생명력을 빨아들이면 된다.

시신도 없이 그대로 사라진다. 보통의 사람들은 죽더라도 시신이 남는다. 하지만 이들에게는 무엇 하나 남는 것 없이 소멸한다.

흡사 본래부터 존재하지 않았던 이들처럼.

"할 말은 그것뿐?"

가차없는 그의 말에 적의 입꼬리가 비틀어 올라갔다.

"그래."

적이 눈을 감았다. 사실 처음의 공격이 자신이 준비한 모든 것이었다. 현실적으로도 이길 수 없으리라 생각했다. 그래서 무리수를 둔 것이기도 하고.

마니교도와의 싸움으로 정신을 분산시켜 놓고 이곳까지 유인한다. 그리고 공포에 질린 마니교주를 보는 순간 한 번의 공격으로 숨통을 끊는 것이 적이 짜놓은 계약이었다.

하지만 한 가지의 변수가 적을 이 지경으로 만들어놓았다. 그것은 바로 무영이 자신의 생각보다 훨씬 강하다는 것이었다.

적은 속으로 욕설을 되뇌었다.

'제기랄.'

"그럼 죽어."

무영이 어조는 무정했다.

그리고 손이 뒤로 당겨질 무렵이었다.

갑작스레 느껴진 인기척 하나.

무영의 몸이 반사적으로 휘돌려지며 일장을 날렸다.

쾅!

"꺄악!"

폭발음과 더불어 뾰족한 비명성이 터졌다.

순간 무영의 눈이 크게 치켜떠졌다. 바닥에 뒹굴고 있는 여인이 무척이나 낯이 익은 존재였기 때문이다.

"소화 소저?"

무영은 멍한 표정으로 소화를 바라보았다.

왜 이곳에 있는지 의아스러웠다. 하지만 그 순간 무영의 두 눈을 의심하게 만드는 상황이 벌어졌다.

치이익……!

일장을 얻어맞은 부위에서 연기가 치솟고 있었다.

"……!"

무영은 멍한 표정으로 소화를 바라보고 있었다.

"아, 아파……."

웅얼거리는 소화의 두 눈에 눈물이 그렁그렁 맺혀 있었다. 하지만 그것은 곧 원망으로 바뀌었다. 무영을 본 탓이었다.

"괘, 괜찮아요?"

순간 소화의 두 눈이 동그랗게 떠졌다. 엉망이 된 적을 발견한 탓이었다.

소화는 몸을 일으키려 했지만 극심한 통증에 얼굴을 찡그렸다. 적이 외쳤다.

"여기가 어디라고 따라와!"

"난… 단지 걱정돼서……."

"이런 멍청한……."

적은 말끝을 흐렸다. 둘의 대화를 듣고 있는 무영이 가만히 소화 쪽으로 걸음을 옮겼다.

"이, 이봐요."

"다가오지 마! 아가씨의 원수!"

무영의 몸이 움찔거렸다.

"그, 그것은……."

뭐라 변명할 수가 없었다. 그때 소화가 주춤거리며 몸을 일으키며 적에게 말했다.

"어서 도망가요!"

"뭐?"

"더 이상 주위 사람이 죽는 것은 싫어! 빨리 도망가요!"

적은 허탈한 어조로 말했다.

"도망칠 수 있으리라 생각하나? 설령 돌아간다면?"

설령 도망친다 하더라도 어떠한가. 일랑이 가만두지 않을 것이다. 개인적인 복수심으로 인해 거사를 망쳤기 때문이다.

"그러고 싶지는 않아."

적은 허탈한 표정으로 중얼거렸다. 그런 모습에 소화의 눈가에 맺혔던 눈물이 볼을 타고 흘러내렸다.

"어쩌려고 그래요?"

적은 피식 웃었다.

"어차피 예상했던 바야."

앞뒤 안 가리고 달려들었다. 또한 일랑의 행보에 있어 크나큰 손실을 입히기까지 했다. 하지만 자신의 생명에 관해서만큼은 생각하지 않을 수 없었다.

알고 있었다. 실패할 경우 어찌 될 것이란 것을 알고 있었다.

당연하지 않은가.

생각해 보자면 무영의 팔을 자른 것도 요행이었다.

문득 고개를 들어 소화를 바라보았다.

'울고 있다.'

자신을 위해 울고 있었다. 수많은 세월을 살아왔지만 이런 기묘한 기분은 처음이다.

그녀를 만난 것은 얼마 되지 않았다. 무영과의 싸움 이후 양팔이 잘린 직후였다. 솔직히 말하자면 귀찮았다. 무공을 모르는 여자. 하등 쓸모가 없었다.

언제나 홀로 걸어왔던 적에게 소화란 존재는 반갑지 않았다. 하지만 같이 있는 시간이 길어질수록 모호한 생각이 깊어졌다.

한 번도 느껴보지 못한 배려에 마음이 동했다. 살수에게 있어서 가장 큰 해악이란 것을 알았기에 모질게 대했지만 그녀는 독했다. 아무리 윽박질러도 떠나려 하지 않았다.

한 번 대화를 한 적이 있다. 그리고 알게 됐다. 그녀는 무영과 인연이 있었던 사이임을. 또한 이성적으로 관심이 있었다는 사실도 말이다.

거기까지 생각하던 적이 짐짓 고개를 좌우로 거칠게 내저었다. 지금 와서 이런 감상이 무슨 소용이던가.

하지만 저 여자는 살리고 싶었다.

"어서 도망치라고!"

적은 절규하다시피 외쳤다. 하지만 저 아둔한 여자는 끝까지 고개를 내젓는다.

"갈 수 없어요!"

둘 사이의 대화를 듣던 무영은 멍한 표정을 지을 수밖에 없었다. 지금의 상황이 어떻게 돌아가고 있는지 감이 잡히질 않았다.

분명 소화는 자신의 손에 죽은 연류진의 시비였다. 그렇기에 방금 전 보인 그 분노를 이해할 수 있었다.

하지만 이것은 무엇인가. 분명 보통의 인간이었던 소화가 어느새 자신과 같은 신체가 되어 나타났다.

"이게 도대체……"

무영이 말끝을 흐릴 무렵이었다. 소화가 천천히 무영을 향해 걸음을 옮기기 시작했다.

"그를 죽일 거야?"

"……"

무영은 아무런 대답도 할 수 없었다. 그때 소화의 표정이 일그러졌다.

"우리 아가씨처럼 말이야!"

"사고였어."

무영은 이런 대답밖에 할 수 없었다. 그것이 소화의 분노를 더욱 치솟게 했다.

"다른 변명은 없어?"

무슨 할 말이 있겠는가. 어떠한 일에든 우연이 있듯 결과 또한 존재하는 법이다.

"당신 정말 최악이야! 알아?"

어느새 소화는 무영의 한 걸음 앞까지 도달해 있었다.

"나에게 아가씨는 인생의 전부나 마찬가지였어!"

그 말이 끝나기가 무섭게 소화는 품에서 소검을 꺼내 들더니 무영을 향해 휘둘렀다.

픽!

소화의 소검이 무영의 가슴 한복판을 베고 지나갔다. 옷이 대각선으로 잘리며 드러난 가슴에 가느다란 검상이 새겨졌다.

주르륵.

피가 흘러나왔다. 하지만 이내 연기가 솟으며 아물었.

그녀의 공격은 너무도 미숙했다. 충분히 피할 수 있었지만 그러지 않았다. 죄책감이라 말할 수도 있으리라.

쨍그랑.

그때 소화의 손에 쥐어져 있던 소검이 바닥에 떨어졌다.

"할 수가… 할 수가 없어."

소화는 주저앉았다.

몸이 부들부들 떨렸다. 머리가 몽롱해 아무런 생각도 나질 않았다. 문득 무영이 말문을 열었다.

"지금 당신 자신에 대해 얼마나 알고 있지?"

소화의 눈가에 일순간 의구심이 나타났다. 무영은 착잡한 표정으로 말을 이어나갔다.

"당신은 보통 인간보다 수백 배나 긴 생을 살아가게 될 거야. 알아?"

소화의 고개가 미미하게나가 끄덕여졌다.

"현존하는 모든 질병… 어떠한 일도 당신의 목숨을 위협하지 못해. 어떻게 생각하지? 그래, 이제 인간이되 인간이 아닌 존재가 된 거야. 홀로 걷는 자."

"나도 알아. 들었으니까."

소화의 말투에서는 여전히 싸늘함이 묻어 나왔다. 무영은 내심 마음이 무거워졌으나 내색하지 않았다. 다만 한 가지 방법을 제시할 수밖에 없었다.

"일랑에게서 벗어나도록 해."

말을 하면서도 씁쓸했다. 나올 대답은 뻔하지 않은가.

"벗어나라니?"

소화의 눈매가 사나워졌다.

"벗어날 수 없어. 예전 당신이 분명히 이야기해 줬잖아. 자신은 보통의 사람들과 같이 살 수 없었다고. 나 역시 마찬가지야."

소화는 적을 가리켰다.

"저 사람 역시 나와 같잖아. 보통의 사람들과는 살 수 없지만 저 사람들과는 살 수 있어."

"일랑 일행을 말하는 건가?"

"그들은 어차피 나처럼 오래 사니까."

무영의 표정이 조금씩 굳어졌다.

결국 이렇게 되는 건가?

방금 전까지 느꼈던 죄책감과 무거운 마음이 조금씩 사라지고 그 자리에 분노가 피어올랐다.

"…나와 적이 되고 싶은 건가?"

무영의 어조가 차가워졌다. 소령은 망설임없이 대답했다.

"이미 당신과 나는 적이야."

"큭……."

벌어진 입에서 한줄기 허탈한 웃음이 새어 나왔다.

결국 이렇게 된 것인가?

무영은 소화를 바라보았다. 그래도 자신 때문에 저리 된 여인이란 생각이 들었다.

"…오늘은 보내주겠다. 하지만 다음번에는 이렇게 끝나지 않을 거야."

순간 소화의 안색이 환해졌다. 미래의 일이 어떻게 될지는 모르겠으나 지금은 적을 살리는 것이 더 급했기 때문이다.

하지만 그 바람도 잠시, 무영이 적을 가리키며 결연하게 말했다.

"단지! 저자는 예외!"

적은 그럴 줄 알았다는 듯 체념한 표정이었다. 하지만 소화는 그렇지가 못했다.

"그를 살려줘!"

"당신에게 내가 원수이듯 그는 내 원수야."

"……."

순간 말문이 막혔다. 눈앞이 침침해질 정도의 절망감이었지만 결심은 빨리 내려졌다.

"그럼 나도 죽여."

"뭐?"

"나도 죽이라고."

"이런 젠장! 지금 뭐라고 했어?!"

무영의 어조가 격해졌다. 그때였다.

"이봐."

적의 부름에 무영이 반사적으로 고개를 들렸다. 그 순간 적의 입에서 진득한 녹색 액체가 무영의 얼굴에 뿌려졌다.

"육시랄 놈!"

무영은 재빨리 몸을 틀어 액체를 피한 후 곧게 뻗은 손을 적의 이마 한가운데에 박아 넣었다.

"크아악!"

적이 찢어지는 듯한 비명성을 터뜨렸다. 그와 동시에 무영이 적의 생명력을 빨아들이기 시작했다.

'제, 제길.'

적은 허탈했다.

'할 수 있다.'

처음으로 든 확신이었다. 소화의 등장으로 예상치 못한 허점을 발견했기 때문이다. 하지만 역시나 무영은 강했다.

그 짧은 거리에서 절묘하게 피해내고 반격을 가해왔다.

'인정할 수밖에 없어.'

그의 강함을.

부스스!

적의 몸이 조금씩 소멸되기 시작했다.

"안 돼!"

소화는 절규했다. 하지만 막을 수 없었다.

휘오오!

이윽고 먼지가 된 적의 시신이 허공 중으로 흩어졌다.

"후우……."

무영은 가볍게 한숨을 내쉬었다. 이제야 세 명을 죽였다.

하지만 뭐랄까. 적을 죽임에도 마음 한편에 돌덩이를 얹어놓은 것마냥 무거웠다.

안도감이나 성취감 따위는 눈꼽만큼도 느껴지지 않았다.

"기분 더럽군, 정말."

"이 악마!"

그때 들려온 외침에 무영의 고개가 돌아갔다. 그곳에는 닭똥 같은 눈물을 뚝뚝 떨구고 있는 소화가 주먹을 꼭 쥐고 있었다.

무영은 지그시 눈을 내리깔며 침중한 기색으로 말했다.

"악마라 해도 할 말이 없다."

"이익!"

소화가 원독에 찬 눈으로 소검을 들고 무영을 향해 달려들었다. 하지만 무영은 그 자리에 선 채 미동도 하지 않았다.

콰당!

"어딜!"

그때 문을 박차고 소령이 달려들어 왔다. 그와 동시에 유협비도가 소령의 손을 떠나 소화의 종아리에 틀어박혔다.

소화는 불시의 공격을 피하지 못하고 꼬꾸라졌다. 더욱이 달려오던 탄력 때문인지 두 바퀴나 데굴데굴 구르고 나서야 비명을 질렀다.

"아악!"

아직 이 몸이 된 지 얼마 되지 않은 탓에 고통이란 감정은 생소할 수밖에 없었다.

물론 무영을 비롯한 다른 이들 역시 비명을 지르지만 그것은 단발성에 끝난다. 그만큼 내성이 생겼다는 이야기니까.

"네년이 감히 무영을!"

소령의 분노는 대단했다. 그녀는 막 몸을 추스르려는 소화의 복부를 발로 올려 찼다.

쾅!

그 충격으로 공중으로 붕 떠오른 소화는 천장에 힘차게 부딪쳤다.

"커… 억!"

소화는 더 이상 커질 수 없을 정도로 눈을 치켜뜨며 마른기침을 토해 냈다. 하지만 소령의 공세는 멈추지 않았다.

검을 빼 들고 극성으로 내력을 끌어올리며 소화를 향해 겨눴다.

"죽어버……!"

"소령! 그만 해!"

막 소화가 검을 휘두르려던 찰나 무영이 크게 외쳤다. 그에 따라 나가던 손을 멈춘 소령이 눈을 깜박였다.

"…영아, 왜?"

"그만 둬! 이제 충분해!"

무영은 엄하게 소령을 질책하며 아직 정신을 못 차리고 있는 소화를 향해 다가갔다.

"쿨럭! 허억… 허억! 쿨럭!"

소화는 거칠게 숨을 몰아쉬며 끊임없이 기침을 토해냈다. 고통도 그렇지만 많이 놀랐는지 두 눈을 토끼눈처럼 동그랗게 뜨고 있었다.

무영은 침음성을 삼키며 쪼그리고 앉아 소화와 시선을 맞추고는 손을 내밀었다.

"괜찮아?"

"치워!"

소화는 굴욕스러웠는지 앙칼지게 무영이 내민 손을 쳐냈다.

"이게 그래도!"

뒤에서 그 모습을 똑똑히 지켜본 소령이 불같이 화를 내려 했지만 무영의 눈짓에 뒤로 한 걸음 물러섰다.

"하아……."

무영은 길게 한숨을 내쉬며 다시금 소화에게 손을 내밀었다.

"이번에만 보내준다고 했어. 내 자신에게 한 약속은 꼭 지키는 게 나란 사람이야."

"……."

좀처럼 대답을 하지 못하던 소화가 고개를 떨궜다. 그리고 자그마한 양어깨가 들썩이기 시작했다.

"흑… 흐흑……;."

결국 소화는 눈물을 흘렸다. 눈앞에 자신의 원수가 있건만 제대로 손 한번 써보지 못하는 자신의 신세가 처량해서이다.

하지만 곧 마음을 다잡았다. 그녀는 소매로 눈가를 슥 문지르며 말했다.

"이, 이대로… 끝날 줄 알아? 처, 천만에 말씀."

무영은 무겁게 고개를 끄덕였다.

"그래, 이렇게 끝내지 마. 난 언제까지나 기다리고 있겠다."

이렇게라도 의욕을 주고 싶었다. 하지만 소령은 그렇게 받아들이지 못한 모습이었다. 그녀는 검을 치켜들며 무영의 앞을 지나쳤다. 하지만 이번에도 역시 무영이 막아섰다.

"가만히 있어.

"하지만 이대로 보내면 안 되잖아?"

"제발 내 말을 들어주지 않겠니?"

무영은 힘없는 어조로 말했다. 그런 표정에 소령은 움찔하며 뒤로 물러섰다.

하지만 눈가에 서린 반감까지 지울 수는 없었다. 소령의 입장에서 보자면 당연한 반응이었다. 하지만 어쩔 수 없지 않은가.

"…알았어."

못내 아쉬운 표정으로 수긍하자 그제야 무영의 표정이 풀어졌다.

"이제 가봐."

소화는 힘겹게 몸을 일으켰다. 하지만 아직 남아 있는 충격 때문인지 한차례 휘청거렸다.

무영이 걱정스럽게 손을 내밀었지만 매몰차게 쳐내고는 문을 나섰다.

끼이익! 탁!

이내 문이 닫히자 무영은 길게 한숨을 내쉬었다. 소령은 무영의 잘린 한쪽 팔을 바라보며 눈살을 찌푸렸다.

"붙여야겠다. 흉해 보여."

"그래."

무영이 고개를 끄덕이자 소령이 바닥에 구르고 있던 무영의 오른팔을 짚어왔다. 그리고 잘린 부위에다 대고 맞췄다.

치이익!

잘린 부위에서 자욱한 연기가 치솟으며 살이 흐물거리며 섞여들기 시작했다.

"크윽."

무영은 얼굴을 일그러뜨렸다. 고통을 참으려 했지만 생각처럼 쉽지가 않았다.

입술을 꽉 깨문 탓인지 피가 턱을 타고 흘러내렸고, 이마에는 식은땀이 송골송골 맺혔다.

소령은 걱정스런 얼굴로 손수건을 꺼내 무영의 이마 주위를 닦아주었다. 무영은 힘겹게 미소를 지으며 말문을 열었다.

"고마워."

"뭘, 이 정도 가지고."

"이제 됐다. 당분간 쓰지는 못하겠지만 떨어지지는 않겠지."

소령은 붙여진 무영의 팔을 보며 말했다.

"그렇지. 모든 신경이 이어지려면 시간이 걸릴 테니까."

무영은 고개를 끄덕이며 한숨을 쉬었다.

"하아, 이제 이건 그렇다 치고……."

소령은 팔짱을 낀 채 힐끗 대전의 쪽으로 시선을 돌렸다.

"딸꾹……!"

마니교주가 넋이 나간 표정으로 연신 딸꾹질을 해대고 있었다. 소령은 어이없다는 웃음을 지었다.

저게 과연 사도련을 이루고 있는 주축 세력인 마니교의 교주인지조차 의심스러웠다.

소령은 양손을 허리춤에 얹은 채 터벅터벅 걸음을 옮겼다.

"이봐, 거기!"

움찔!

마니교주는 너무 놀란 나머지 경련을 일으켰다. 소령은 한심하다는 눈빛으로 혀를 끌끌 찼다.

"어이가 없군."

"도, 도대체 당신들은 누, 누구시오?"

여태껏 두 눈으로 똑똑히 봤지만 온통 자신의 상식을 벗어난 일뿐이었다.

잘린 팔이 다시 붙여졌다. 또한 그들의 대화는 어떠한가.

보통 사람들보다 수백 배는 더 살아간다는 둥, 온통 말도 되지 않는 이야기뿐이었다.

소령은 어느새 마니교주가 움츠리고 앉아 있는 대전 앞까지 다가와 눈을 흘겨 뜨고 있었다.
"당신이 마니교의 교준가?"
"그, 그렇소."
마니교의 교주란 소리가 나오자 어느새 어깨에 힘이 들어가고 목소리도 당당해졌다.
물론 자신의 생각일 뿐이었다. 소령은 비웃음 섞인 어조로 마니교주를 지그시 응시하며 말했다.
"마니교는 괴멸됐다."
"뭐, 뭣……?"
눈이 동그랗게 떠졌다. 하지만 이내 허탈한 웃음이 흘러나왔다. 자신도 모르게 손사래를 치며 고개를 내저었다.
"무, 무슨 그런 농담을……."
"내가 지금……."
소령은 잠시 말을 끊으며 손을 들었다. 순간 문을 뚫으며 한 자루의 검이 날아들어 왔다. 그리고 마니교주의 주위를 빙글빙글 돌다가 소령의 손에 들어왔다.
그와 동시에 소령이 말을 끝맺었다.
"농담하는 것으로 보이나?"
하지만 소령의 바람과는 다르게 마니교주의 시선은 소령의 손 위에 들린 검에 가 있었다.
"어, 어검술……?"
"안목있는 척 하지 마. 보통의 사람들도 보면 다 아는 것이니."
소령의 반쯤 벌어진 입에서 새하얀 치아가 드러났다.
"하지만 어검술의 무서움을 더 잘 아는 것은 그대 같은 무인이겠지?"

마니교주의 양 손바닥이 넓은 대전의 바닥에 닿았다. 그제야 소령의 말이 허황된 것이 아님을 깨달은 것이다.

하지만 소령의 말은 가차없이 이어졌다.

"일단 눈에 보이는 것들은 모두 죽였어. 운 좋게 살아남은 이들도 도망쳤겠지. 남은 것은 너뿐이야."

"마, 말도 안 돼……."

옆에서 보고 있던 무영은 말했다.

"말이 안 되리라 생각하나? 보통이라면 그렇지. 하지만 우리라면 충분히 가능해."

"그, 그것이……."

"증거를 보여줄까?"

무영의 말이 끝나기가 무섭게 소령이 손을 뻗었다. 순간 마니교주의 몸이 허공에 둥실 떠올랐다.

갑작스런 상황에 놀란 마니교주가 몸을 허우적거리며 경악성을 터뜨렸다.

"허, 허공섭물?"

"하여튼 아는 척은."

소령은 혀를 끌끌 차며 천천히 문 쪽으로 걸음을 옮겼다.

문을 열고 나간 직후에 드러난 광경.

마니교주는 믿어지지 않는다는 표정으로 고개를 설레설레 내저으며 중얼거렸다.

"아니야……. 이건 아니야……."

사방에 보이는 것은 온통 시신뿐이었다. 가끔씩 간헐적으로 들려오는 신음성과 미쳐 버린 교도들의 울부짖음.

"하하하… 아하하하……."

허탈한 웃음이 새어 나올 수밖에 없었다.
"이제 알겠나?"
무영은 차가운 표정을 지으며 허공에 떠 있는 마니교주에게 말했다. 그리고 소령에게 말했다.
"내려놔."
"응."
소령은 고개를 끄덕이며 마니교주를 땅바닥에 내려놓았다. 그는 망연자실한 표정으로 앉아 있다가 고개를 들었다.
"…왜?"
"우리의 싸움에 말려든 것이 죄라면 죄겠지……."
무영은 소령을 바라본 뒤 몸을 날렸다.
소령은 고개를 끄덕이며 마니교주의 어깨를 한차례 다독여 준 후 무영의 뒤를 따랐다.
마니교주는 아직도 지금의 상황을 이해하지 못한 듯 부스스 몸을 일으키더니 주위를 살피며 외쳤다.
"여봐라! 아무도 없느냐?"
하지만 그 어느 곳에서도 대답은 없었다.

제41장
돌파구

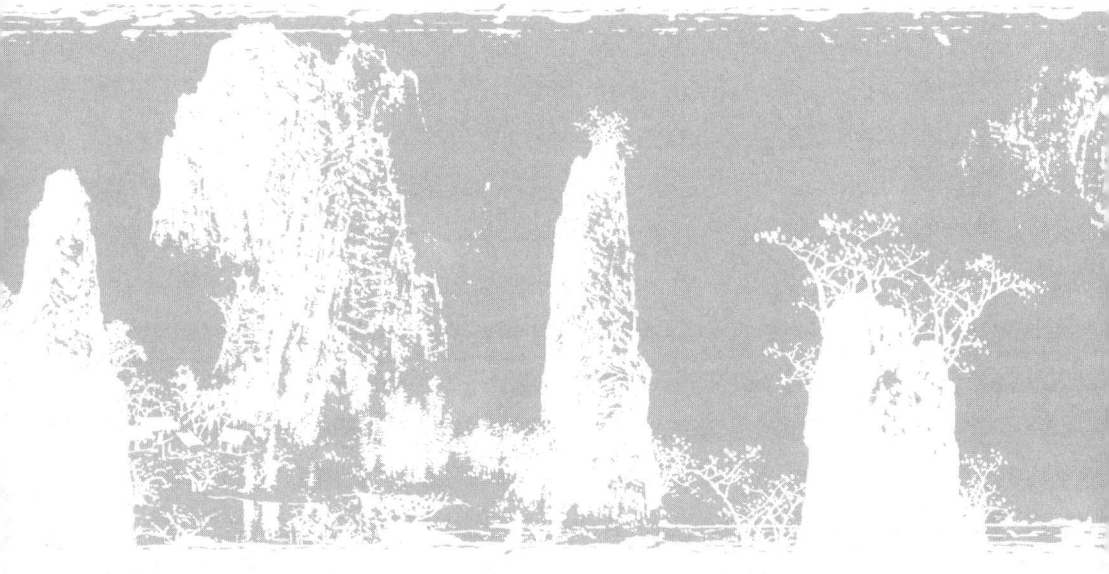

돌파구

만락제는 장거정을 바라보며 물었다.

"일은 어찌 돼가고 있소?"

장거정은 최대한의 예를 표시하며 허리를 반쯤 숙이고는 말했다.

"잘 진행되어 가고 있습니다. 이미 대장군 휘하의 황군 십만대군이 폐하의 명이 떨어지기만을 기다리고 있습니다."

만력제는 고개를 끄덕였다. 입가에는 만족스러운 미소가 머금어져 있었다.

"이번 기회에 이교도 놈들을 모두 토벌해야만 하오."

이교도라면 명교를 이르는 말이었다. 그동안 수많은 토벌에도 불구하고 바퀴벌레처럼 살아남은, 나라의 암적인 존재들이었다.

'모처럼 이런 몸을 가졌으니… 거슬리는 것은 모두 치워 버려야겠지. 그래야 차후에도……'

생각이 끝날 무렵 결국 참지 못하고 만력제가 징그러운 웃음을 흘렸다. 그것은 본능이었다.

'쯧……'

한편, 그 모습을 바라보던 장거정은 혀를 찼다. 어차피 진행되어야 하는 일이기는 했지만 왠지 조급해하고 있는 기색이 역력했다.

'좋지 않아.'

장거정은 가볍게 한숨을 내쉬었다.

지금의 명교 토벌도 그렇지만 더욱 마음에 걸리는 것이 있었기 때문이다.

불로불사의 몸을 손에 넣은 지금 황제는 거칠 것이 없었다. 무슨 일이든 너무 저돌적이다. 급할수록 돌아가란 말이 있다.

현재 황제에게 해주고 싶은 말이었다. 하지만 그럴 수가 없었다. 언제 죽어나갈지 모르기 때문이다.

'어째서 나는…….'

장거정의 주먹이 움켜쥐어졌다. 사실 따지고 보면 장거정은 황제보다 훨씬 오래전부터 이쪽에 몸담아왔다.

그들이 내건 조건은 단 한 가지. 늙어 죽지 않도록 해준다는 것이었다.

그 말만 믿었다. 그런데 그간 아무런 상관도 없이 이용만 당하던 황제가 불로불사가 되어 돌아온 것이다.

아무리 성인군자라 할지라도 배가 안 아플 리 없었다.

그러다 보니 점점 초조해져 갔다. 이대로 이용만 당한 채로 끝나는 것이 아닐까 하는 마음.

'그럴 수는 없다.'

허무하게 끝낼 수는 없다.

"무슨 생각을 그렇게 골똘히 하나?"

문득 들려온 만력제의 물음에 장거정은 상념에서 벗어났다.

"아무것도 아닙니다."

"싱겁기는."

만력제는 피식 웃었다. 그리고 잠시 턱을 매만지다가 말문을 열었다.

"대장군에게 출진 준비를 하라 이르게."

"그 말씀은?"

"빠를수록 좋겠지."

나지막이 중얼거리는 만력제의 입가에 희미한 미소가 머금어졌다.

"후우."

마니교를 나서서 처음에 있던 자리로 돌아온 무영은 한숨을 내쉬었다.

"피곤해."

"…나도."

소령은 땅바닥에 털썩 주저앉았다. 무영은 잠시 마니교 쪽을 바라보다가 힐끗 고개를 돌렸다. 그곳에는 수혈에 짚여 있는 감미란이 반듯하게 누워 있었다.

"다행히 별일은 없었나 보군."

무영은 안도의 미소를 지으며 감미란에게 다가갔다. 그리고 짚었던 수혈을 풀었다.

"으음……."

잠시 후 감미란이 침음성을 흘리며 몸을 두어 차례 뒤척이다가 눈을 떴다.

"잘 잤나?"

무영의 물음에 감미란은 아직 잠이 덜 깬 듯 몸을 일으켰다. 하지만 그것도 잠시. 잠들기 직전의 일을 기억해 내고는 책망 어린 어조로 물었다.

"영아, 어째서?"

원망과 걱정이 고루 섞여 있는 어조였다. 무영은 찰나지간 미소를 지었다.

왠지 나쁘지 않은 기분이다.

"끼어들게 할 수는 없었으니까."

무영의 말에 소령이 짐짓 장난스럽게 웃으며 감미란의 옆구리를 찔렀다.

"실은 아줌마가 위험해질까 봐 걱정한 거래요."

"위험? 걱정?"

감미란의 반문에 무영이 헛기침을 내뱉으며 뒷짐을 지었다.

"그 이야기는 그만 하지."

"베에~"

소령은 혀를 삐죽 내밀었다. 그리고 감미란의 표정이 가볍게 풀어졌다.

"아, 너희들?"

"음?"

갑작스런 감미란의 외침에 무영과 소령이 동시에 고개를 갸우뚱했다. 왜 그러냐는 무언의 물음이었다.

"피, 피가……."

그제야 자신들의 옷이 피로 범벅이 되었음을 깨달을 수 있었다. 감미란은 화들짝 놀라 소령과 무영의 옷을 매만지며 눈물을 글썽거렸다. 가슴이 아파왔기 때문이다. 그런 기색을 눈치챈 소령이 배시시 웃으며 손사래를 쳤다.

"괜찮아요. 다친 곳은 없어."

"하지만……."

"정말이라니까요."

하지만 아무래도 걱정이 끊이지 않는 모양이다. 감미란은 소령의 몸 여기저기를 더듬더니 무영에게 달라붙었다.

"귀찮게시리."

무영이 짜증스런 표정으로 투덜거렸지만 어디 씨알이나 먹히겠는가. 그때 감미란의 손길이 잘렸던 오른팔에 닿았다.

"큭……!"

순간 무영이 고통을 참지 못하고 인상을 구겼다. 그 모습을 바라보던 소령은 아차 하는 표정이었다.

감미란이 눈치채지 못할 리 없다.

"다쳤구나?"

"아니야."

"다쳤잖아? 어디 봐봐."

만류에도 불구하고 감미란은 기어코 무영의 상체를 벗겼다. 그리고 드러난 상처.

어깻죽지와 팔을 연결하는 부위가 시퍼렇게 변해 있었다.

"이, 이건……!"

"이거 놔!"

무영은 거칠게 감미란의 손에 들린 자신의 옷을 뺏어 걸쳤다.

"진짜로 별거 아니야."

"별게 아니기는……. 완전히 살이 죽어서 푸르뎅뎅한데? 뭐랄까. 마치 잘렸다가 봉합한 것 같은……."

절단된 팔을 다시 붙이는 것은 현재의 의술로는 불가능한 경지였다. 그것은 대충 우기면 넘어갈 수 있겠지만 문제는 소령의 싼 입이었다.

"어떻게 알았어요?"

"야!"

무영의 호통에 찰나지간 자신의 실책을 깨달은 소령이 양손으로 입을 가렸다. 하지만 이미 엎질러진 물이었다.

안색이 흑빛으로 변한 감미란이 눈물을 터뜨렸다.

"어떻게 해… 어떻게 해… 우리 영이……."

하염없이 눈물을 흘리는 모습에 소령이 안 되겠다 싶었는지 진화에 나섰다.

"아줌마, 어차피 며칠만 요양하면 나아요."

"흑… 흑? 그게… 정말이야?"

소령은 고개를 끄덕였다.

"우리에 대해서 알잖아요. 범인의 상식으로 생각하면 안 돼요."

하지만 감미란은 못내 믿기지 않는다는 표정으로 무영을 바라보았다. 무영은 자유로이 움직일 수 있는 왼팔로 머리를 긁적이며 말했다.

"걱정하지 마. 나으니까."

"…정말이지?"

"정말이야."

무영의 말에 감미란은 그제야 안도하는 기색이다.

"다행이다."

무영의 표정이 차가워졌다.

"다행이 아니야. 이놈의 몸 때문에 난 이렇게 살아가고 있으니까."

그 말과 동시에 감미란의 얼굴이 어두워졌다. 연교휘에게 듣기 전까지는 몰랐다. 무영의 비밀에 대해서 말이다.

그래서인지 마음에 드리워지는 아픔이 컸다. 부모 마음이란 게 그런 것이라고 모든 것이 다 자신의 죄인 것처럼 느껴졌다.

물론 감미란 자신의 생각일 뿐 무영이 어떻게 생각하느냐는 모르겠지만 말이다.
 "그건 그렇고……."
 감미란은 몸을 일으켜 마니교가 위치한 약강의 성문 쪽으로 시선을 주었다. 분명히 기억하기로 무영과 소령이 마니교와 싸운다는 이야기를 들었기 때문이다.
 "잘 모르겠는걸?"
 솔직히 이렇게 말할 수밖에 없었다. 거리가 너무 멀었기 때문이다. 하지만 뭐랄까. 괴이쩍은 기분이다.
 "킁킁!"
 그때 감미란이 코를 벌렁거렸다. 때마침 약강성에서 이쪽으로 불어온 바람 안에 느껴진 냄새 때문이었다.
 왠지 모르게 역하면서도 시큼한 냄새.
 '이것은?'
 감미란 역시 낯익은 냄새였다. 그럴 수밖에 없다. 그녀는 명교에서도 고위층에 자리잡은 고수.
 죽음이 난무하는 전장에 익숙하다.
 "피 냄새?"
 처음에는 미약하던 혈향은 시간이 지날수록 짙게 배어왔다. 감미란은 손으로 콧가를 가리며 인상을 찌푸렸다.
 그때 뒤에 서 있던 소령이 팔짱을 끼며 말했다.
 "마니교는 오늘부로 문 닫을 수밖에 없을 거예요."
 "문을 닫다니?"
 감미란의 물음에 무영은 쓴웃음을 지었다.
 "그렇잖아요? 무가에서 가장 중요한 것은 구성원인데."

"구성원인데?"

"구성원이 거의 다 죽었으니까."

"……!"

순간 감미란이 눈을 부릅떴다.

너무도 엄청난 소리를 들은 것 같기도 한데 왠지 잘못 들은 듯하다.

"나, 난… 도통 무슨 소린지……."

감미란은 말까지 더듬고 있었다. 그런 모습을 바라보던 무영은 짜증스런 어조로 말했다.

"못 알아들을 것이 뭐 있어? 마니교는 오늘부로 멸문이야."

"며, 멸문……."

감미란은 넋이 나간 어조로 중얼거렸다.

그 정도로 감미란이 받은 충격은 엄청났다. 단 두 명이 무가를 멸문시킬 수 있다니.

더욱이 마니교가 어디인가. 사도련을 이루고 있는 주축으로서 수많은 교인과 더불어 강력한 무사를 오천이나 보유하고 있는 곳이었다. 이건 절대로 말이 안 되는 이야기다.

무영은 그런 감미란의 생각을 읽은 것마냥 말했다.

"내가 지금 이런 상황에서 거짓을 말할까?"

"하, 하지만……."

"나와 소령을 그대들의 범주 안에서 생각한다면 크나큰 오산이야."

표정이 씁쓸하게 굳어졌다. 무영은 고개를 들어 하늘을 올려다보며 말을 이어나갔다.

"그것은 일랑의 무리들 역시 마찬가지야. 더욱이……."

"더욱이?"

감미란이 의아스런 표정으로 무영을 바라보았다.

"아니야. 됐어."

무영은 무겁게 고개를 내저으며 몸을 돌렸다. 그리고 나지막하게 자신만이 들릴 정도로 중얼거렸다.

"일랑의 강함은 너무도 엄청나서 말할 가치도 없고."

가슴이 답답해졌다.

'내가 미쳤지.'

일랑과 맞설 생각을 하다니.

예전 같으면 말도 안 된다는 허탈한 웃음만 흘렸을 것이다.

'하지만 어쩔 수 없어. 누구 한 명은 죽어야 해.'

무영은 주먹을 꾹 쥐었다.

'또한 내가 아니면 안 돼.'

누가 뭐라고 하든 간에 일랑을 죽일 수 있는 유일한 방법을 아는 이는 무영 자신뿐이다.

그것이 일랑이 무영에게 집착하는 이유다.

하지만 한 가지 의문점은 있다.

'몇 번의 기회가 있었음에도 불구하고 왜 일랑은 나를 살려두었던 것일까?'

이해할 수가 없었다. 그 정도로 집착하고 있으면서……

"잘 모르겠어."

결국 무영은 고개를 설레설레 내저을 수밖에 없었다. 그때였다.

부스럭.

저 멀리 숲 한편에서 들려온 소리에 무영을 비롯한 나머지 일행의 고개가 돌아갔다.

"뭐지?"

감미란이 고개를 갸웃거리며 몸을 일으켰다. 소령은 무영을 바라보며

돌파구 289

말문을 열었다.

"놈들일까?"

무영은 무겁게 고개를 내저었다.

"아니야."

왠지 기묘하다. 분명 기척은 있건만 이질적인 분위기였다. 사람이라고 생각할 수 없는 이 기괴하고 음산한 느낌이라니.

무영은 나지막하게 중얼거렸다.

"이상해."

"너도 그렇게 생각했니?"

소령 역시 심상치 않은 표정으로 되물어왔다.

무영은 입술을 살짝 배어 물며 몸을 일으켰다. 그리고 이미 저 앞을 향해 걷고 있는 감미란을 발견하고는 다급하게 외쳤다.

"멈춰!"

"응?"

감미란은 걸음을 멈추고 무영을 돌아보았다. 왜 그러냐는 표정으로 물끄러미 서 있었다.

파악!

그 순간,

사람의 형상을 한 시커먼 물체가 풀숲을 뚫고 감미란을 향해 달려들었다. 순간 무영과 소령의 두 눈이 크게 치켜떠졌다.

"위험해!"

먼저 움직인 것은 소령이었다. 그녀는 땅바닥에 구르고 있는 나뭇가지를 들어 재빨리 쏘아 보냈다.

피잉!

빗살처럼 뻗어나간 나뭇가지가 그 형상에 정확히 부딪쳤다.

빠직!

하지만 깊숙이 박힐 것이라는 예상은 빗나갔다. 마치 커다란 돌덩이에 부딪친 것마냥 부러졌다.

내기를 실어 보낸 터라 소령의 놀라움은 더욱 컸다.

"아니?"

소령의 두 눈이 크게 치켜떠졌다.

그 순간 무영은 이미 감미란의 허리를 잡아채 땅바닥을 구르고 있었다.

휘익!

시커먼 형상은 찰나의 순간으로 감미란의 위를 지나쳐 갔다.

"어떤 놈이냐!"

무영은 감미란을 밀어내며 몸을 일으켰다. 그리고 정체불명의 그것을 향해 일장을 날렸다.

퍼엉!

무영의 일장이 작렬했다. 하지만 놀랍게도 정체불명의 그것은 잠시 움찔할 뿐 별다른 타격을 받지 않은 모습이다.

"말도 안 돼."

무영은 황당하다는 표정으로 중얼거렸다. 그때 소령이 말했다.

"잠깐만."

"왜?"

"사람이 아니야."

무영은 의아한 표정을 지었다. 너무 어두워 제대로 볼 수는 없었지만 분명 인간의 윤곽이었다.

"…강시?"

소령의 중얼거림에 무영이 놀라 물었다.

"강시라니?"

"분명 강시야."

때마침 구름에 가려져 있던 달이 모습을 드러냈다. 달빛은 주위의 사물을 비추기에 충분했다.

"크르르."

그리고 드러난 모습.

시퍼렇게 죽은 피부에 보기에도 뻣뻣해 보이는 몸은 분명 강시임에 분명했다. 무영은 눈을 깜박였다.

"정말이다. 강시야."

무영은 중얼거렸다.

하지만 이상하다. 강시술은 이미 소실된 술법이 아니던가.

놀라운 마음은 감미란 역시 마찬가지였다.

"가, 강시라니?"

그 모습을 보고 있던 소령이 한마디했다.

"놀라고 있을 여유가 없다고."

"그렇군."

무영은 고개를 끄덕이며 경계 자세를 취했다. 놀랐지만 찰나의 순간이었을 따름이다.

까다로운 상대임에는 틀림없으나 어디까지나 보통 사람의 관점일 뿐, 강기를 자유자재로 다루는 무영이 두려움을 느낄 만한 존재는 아니다.

"괜찮아요?"

소령은 무영을 뒤로하고 막 몸을 추스른 감미란 쪽을 향해 걸어갔다.

짤랑.

그때 들려온 청명한 종소리.

순간 강시가 몸을 움찔거렸다. 극히 짧은 찰나였지만 눈치채지 못할 무영이 아니었다.

짤랑!

다시금 종소리가 들려왔다. 품 안에 갈무리되어 있는 탓인지 걸음을 옮길 때마다 들려왔다.

움찔.

강시는 다시금 몸을 움찔거렸다. 무영은 잠시 의아한 표정을 짓다가 소령을 향해 말을 걸었다.

"잠깐만."

"응?"

"그 종."

"응?"

소령은 품 안에서 종을 꺼냈다.

"이거?"

"그래. 분명 영감님 댁에서 챙겨온 거라 했지?"

"응. 그런데?"

"줘봐."

"왜?"

소령은 의아한 표정으로 되물었다. 무영은 짜증스런 마음에 목소리가 높아졌다.

"얼른!"

"알았어."

소령은 뽀로통한 얼굴로 종을 건네주었다.

무영은 종을 이리저리 보다가 강시를 향해 흔들어 보였다.

짤랑!

움찔!

종소리에 맞춰 강시의 몸이 움찔거렸다. 무영의 입가에 희미한 미소가 머금어졌다.
 이 종은 보통의 물건이 아님이 확실했다. 무영은 강시를 바라보았다. 왠지 안절부절못하고 있는 모습.
 "종이 목갑 안에 들어 있었다고 하지 않았니?"
 "아, 맞아."
 "목갑도 챙겨왔어?"
 "응, 내 혁낭 안에."
 "줘봐."
 무영의 말에 소령 역시 상황이 심상치 않음을 깨달았는지 순순히 혁낭을 끌렀다. 그리고 목갑을 꺼냈다.
 "여기."
 "목갑을 잘 살펴봐. 구석구석 말이야."
 "아, 알았어."
 소령은 고개를 끄덕이며 목갑을 이리저리 살피기 시작했다. 하지만 그 어느 곳에도 특이한 점은 없었다.
 무영은 마음이 다급해졌다.
 "부숴봐."
 "뭐?"
 "잔말 말고 부숴봐."
 소령은 고개를 끄덕이며 목갑을 땅바닥에 내동댕이쳤다.
 콰직!
 목갑이 박살났다. 그리고 나무 사이로 한 장의 종이가 보였다. 한 치 가량 되는 두꺼운 나무 사이에 끼어 넣은 모양이었다.
 "있다."
 소령은 환호하며 종이를 펼쳤다. 무영 역시 조심스럽게 옆으로 다가와 서신을 살폈다.

 이것을 찾았다면 십중팔구 나에게 좋지 않은 상황이 발생되었음이다. 또한 중원 무림이 일랑의 손아귀에 들어갔거나 그럴 위험에 처해 있을 것이다.
 일랑과 맞서기에 우리의 힘은 너무 미약한 것이 사실이다. 그렇다고 저항도 하지 못한 채 당할 수는 없지 않느냐.
 그래서 예전부터 은밀히 준비해 놓은 것이 있었다.
 혈강시가 바로 그것이다. 그 수는 일천으로, 정사를 막론하고 주요 문파 근처에 분산 배치해 놓았다.
 각설하고, 본론을 말하자면 강시들을 제어하는 데 쓰이는 것이 그 종이다.
 처음 울리면 그 거리를 막론하고 모든 강시들이 활동을 개시할 것이다. 또한 두 번 흔들었다 멈춘 뒤 세 번을 다시 흔들 경우 종을 울린 이에게 집결할 것이다.
 집결 시 네 번을 울리면 공격의 의미, 여섯 번을 울리면 모든 활동을 멈출 것이다.
 부디 이 서신이 세상에 드러날 일이 없기를 바라며 이만 줄이마.

뚝.
소령의 턱 끝에 맺혀 있던 눈물이 서신을 적셨다.
"할아버지……."
울먹이는 목소리였다. 무영은 소령의 어깨에 손을 얹었다.
"정말이지, 치밀하신 분이야."
"영아……."
"언제 이런 준비를 해놓으셨담?"
너무도 뜻밖의 수확이었다. 무영은 멀뚱히 서 있는 강시 앞으로 다가

갔다.

　강시는 특유의 무표정한 얼굴로 앞을 내다보고 있었다.
　"이제 해볼 만해졌어."
　무영의 입가에 미소가 걸렸다.

　염무학은 문을 열고 들어온 지인을 바라보며 미소를 지었다.
　"이 밤에 웬일이오? 밥 때도 아니건만."
　그의 자조적인 물음에 지인은 양손을 맞잡은 채 꼼지락거렸다. 하지만 이내 고개를 들며 염무학을 바라보았다.
　"말씀드릴 것이 있어요."
　염무학은 히죽 웃었다.
　"기대가 되는구려."
　"농담이 아닙니다."
　지인은 가볍게 안색을 굳히더니 한숨을 내쉬었다.
　"무영 주인님과 현아 주인님, 정말 예전처럼 될 수 있을까요?"
　"당연히 그럴 수 있지."
　염무학의 입가에 자신만만한 미소가 걸렸다.
　"당신이 도와주기만 한다면 말이오. 어때, 힘을 합치시겠소?"
　지인은 무겁게 고개를 끄덕였다.
　"어떻게 하면 되는 건가요?"
　"잘 생각하셨소."
　염무학은 히죽 웃었다.

『무영검전』 5권으로 계속…